K. G. Lessing

Die Mätresse

Lustspiel

K. G. Lessing

Die Mätresse
Lustspiel

ISBN/EAN: 9783743365117

Hergestellt in Europa, USA, Kanada, Australien, Japan

Cover: Foto ©Andreas Hilbeck / pixelio.de

Manufactured and distributed by brebook publishing software
(www.brebook.com)

K. G. Lessing

Die Mätresse

DEUTSCHE LITTERATURDENKMALE

DES 18. UND 19. JAHRHUNDERTS

IN NEUDRUCKEN HERAUSGEGEBEN VON BERNHARD SEUFFERT

— 28 —

DIE

MÄTRESSE

LUSTSPIEL

VON

K. G. LESSING

STUTTGART

G. J. GÖSCHEN'SCHE VERLAGSHANDLUNG.

1887

Pierer'sche Hofbuchdruckerei. Stephan Geibel & Co. in Altenburg.

Karl Gotthelf Lessings dramatische Thätigkeit war nahezu vergessen, und wo man ihrer gedachte, begnügte man sich mit Wiederholung des Urteils, welches Gotthold Ephraim Lessing, der grosse Bruder unseres Karl Gotthelf, über die frühesten Dramen desselben gefällt hatte. Hiernach galt 'Der Wildfang' (zuerst erschienen Berlin 1769, dann umgearbeitet 1778 im I. Bande der 'Schauspiele'), welchem bei dieser Beurteilung der Preis zugefallen war, als das beste von seinen Dramen. Zwei spätere Lustspiele bespricht Gotthold Ephraim nur kurz und ohne Vergleich mit dem 'Wildfang'. Das letzte vollendete Drama des Bruders, 'Die Mätresse', welche erst 1780 im II. Bande der 'Schauspiele' erschien, fand er vor seinem Tode nicht mehr Zeit zu beurteilen. Die von mir verfasste Monographie 'Karl Gotthelf Lessing' (Berlin 1886) bemüht sich nun darzuthun, dass 'Die Mätresse' einen wesentlichen Fortschritt über die früheren Werke des Autors bekundet und geeignet ist, sein poetisches Schaffen in ein helleres Licht zu stellen, als es nach dem vorläufigen Urteile seines Bruders gerechtfertigt schien. Soweit Äusserungen vorliegen, hat man nunmehr das Hervorragen der 'Mätresse' anerkannt.

Die 'Schauspiele' von Karl Gotthelf Lessing, in denen dieses Drama ausschliesslich zum Abdruck gelangte, sind aber äusserst selten geworden: trotz vieler Nachfragen fand ich nur in der Königlichen Bibliothek zu Berlin und im Privatbesitze des Herrn Landgerichtsdirektor Karl

a *

Robert Lessing, eines Enkels von Karl Gotthelf, je ein
Exemplar der Sammlung. Ein Neudruck der 'Mätresse'
schien um so wünschenswerter, als das Lustspiel nicht
nur wegen seiner Bedeutung im litterarischen Schaffen
eines, wenn auch nicht hervorragenden, doch edel stre-
benden Dichters und nicht nur wegen der nahen Be-
ziehungen, in welchen dieser Dichter zu dem Reformator
unserer National-Litteratur gestanden, von litterarhistori-
schem Interesse ist, sondern vor allem auch, weil 'Die
Mätresse' eine typische Bedeutung für das vom Sturm
und Drang fortgerissene Lustspiel der Talente überhaupt
in Anspruch nehmen darf.

Typisch ist 'Die Mätresse' sowohl durch ihr
Thema wie durch ihre Tendenzen. Die beiden
Lieblingsthemata der Periode, Verführung und
Standesunterschied, haben sich in ihr zu einer or-
ganischen Einheit verbunden. Die Verführung ist
Thema oder mindestens Episode in fast jedem Lustspiele
der Zeit. Aber insbesondre eine Art der Verführung
ist ihr charakteristisch, das ist die eines Bürgermädchens
durch einen Adligen oder doch Angehörigen der privi-
legirten Stände. Jungfer Rehhaar im 'Hofmeister' von
Lenz wird von einem Studenten verführt, Marie in desselben 'Soldaten' und Wagners Evchen Humbrecht fallen
der Begierde von Offizieren zum Opfer, in Gemmingens
'Deutschem Hausvater' ist der Verführer des Bürgermädchens gleichfalls ein adliger Offizier, Schröders 'Vetter
in Lissabon' bringt eine von einem betrügerischen Baron
ins Werk gesetzte Entführung und zugleich das Verlassen
einer heimlich angetrauten Bürgerlichen durch einen leicht-
fertigen Offizier. Versuche zur Verführung geschehen
durch einen Grafen im 'Neuen Menoza' von Lenz, durch
den Fürsten selbst in Grossmanns 'Nicht mehr als sechs
Schüsseln' und Klingers 'Derwisch'. In allen diesen
Fällen ist das Problem der Standesunterschiede
von selbst gegeben; aber nur selten macht sich der
Schmerz der Verlassenen in so leidenschaftlichem Pathos

so nahe, dass man das eine nicht würdigen kann, ohne der andern zu gedenken, stehen unserer 'Mätresse' besonders die gleichzeitigen Lustspiele 'Der deutsche Hausvater' und 'Nicht mehr als sechs Schüsseln'; aber in diesem wird das Problem der Verführung nur gestreift, steht der absolute Kampf gegen die Standesunterschiede allein durchaus im Vordergrunde, und in jenem kommt ein mildes Kompromiss zustande. Mit einem Kompromiss begnügen sich schliesslich sogar die hierhergehörigen Werke der Genies, es sei denn, dass sie tragisch enden wie 'Die Soldaten' und später dann Schillers 'Kabale und Liebe'. Nur 'Die Mätresse' führt den doppelten Konflikt konsequent durch: die in ihrer doppelten Eigenschaft als Weib (Thema der Verführung) und als Mensch (Thema des Standesunterschiedes) verletzte Heldin bleibt weder vernichtet am Boden liegen, noch lässt sie sich durch die Gnade der Gegenpartei emporheben, — sondern sie erhebt sich durch eigene Kraft auf dem Boden der Entsagung zu der sittlichen Höhe der Verachtung. Es ist nicht anders, als ob 'das ganze Heer der Verlassenen', von welchem die Orsina spricht, hier, in eine Gestalt zusammengedrängt, zum Worte gelangt.

Dieser vollen Ausgestaltung der gegebenen Themata entspricht die in der 'Mätresse' gebotene Zuspitzung der Zeittendenzen. 'Rückkehr zur Natur!' und 'Sturm und Drang!' ist das Feldgeschrei, Rousseau und Beaumarchais sind die Feldmarschälle. In Erich Schmidts 'Richardson, Rousseau und Goethe' (besonders S. 157—243), Otto Brahms 'Deutschem Ritterdrama des 18. Jahrhunderts' (S. 168—203) und meiner Schrift 'Die Sturm- und Drang-Komödie' sind durch Vergleichung der Hauptwerke unserer Genieperiode diese Tendenzen in ihren charakteristischsten Äusserungen festgestellt, so dass es an dieser Stelle genügt, den entsprechenden Geist der 'Mätresse' darzulegen.

der ländliche Schauplatz unseres Dramas charakteristisch, durch welchen es sich sogar über die meisten gleichartigen Lustspiele erhebt. Der erste Aufzug spielt in der 'reinlichen Stube eines ordentlichen Bauerhauses', der zweite in einem herrschaftlichen Garten, durch welchen Bauern von der Feldarbeit heimkehren; die Scene des dritten ist eine Landstrasse am Fusse eines 'ganz steilen Berges', die des vierten vor der Hütte, in welcher das Stück begann; der letzte Akt schliesslich geht in einem Landschlosse vor sich. Besonders bedeutsam ist in dieser Hinsicht die Bauernscene (II, 9), welche einen Gutsherrn in traulichem Verkehr mit seinen Bauern vorführt. Über die langschlafenden Städter, welche beim Gutsherrn auf Besuch weilen, fallen dabei folgende Reden: 'Da schau mir einmal das vornehme Volk. Sitzt es nicht noch am Frühstück um lieben Mittag!' — 'Dafür wacht's noch am Spieltische, wenn wir schon auf allen Vieren ausgestreckt liegen'. Von gleicher Tendenz sind die Worte Ottos (23, 7): 'Zum Popanz! noch nicht aufgestanden? und sind zu mir gekommen, um den Frühling zu geniessen, und von Stadtlangweiligkeiten sich zu erholen!' und der Trost Lorchens (21, 84): 'Sieh! wärst du nun eine Gräfin, die heitre, gesunde Luft, den schönen Morgen verschliefst du im goldnen Zimmer'. Einen andern, innerlicheren Gegensatz zu den Städtern stellt der Landjäger Paul (83, 3) fest: 'Ich erzähle Ihm da in aller Einfalt des Herzens, und Er erklärt mirs in aller Bosheit des Herzens. Wenn ihr das Gescheitheit nennt, ihr Städter, so seyd ihr wirklich gescheit. Ihr macht einem gleich untern Händen die beste Handlung zu einer Schnacke.' — Ein Anklang an die Rousseausche Neigung zur Einsamkeit ist es, wenn Otto (31, 30) berichtet, dass er sich mit seiner Frau 'sehr wenig' unter den Menschen sehen liess: 'Ich brauchte die Freude nicht zu suchen; ich hatte sie bey mir.' Überhaupt soll Otto von Kronfeld, der sogar eine Negerin geheiratet hat, mit seinen amerikanischen Anschauungen den

Kampf gegen die verderbte europäische Kultur gleichsam personificieren. Man beachte in dieser Beziehung namentlich die Äusserung (32, 2): 'In Europa ist man nur fähig, ein geliebtes Mädchen sitzen zu lassen'.

Der Hang zur Natur erweist sich auch in der 'Mätresse' wie in andern Zeitstücken durch den ausdrücklichen Gegensatz zur Buchgelehrsamkeit. Derselbe tritt besonders in dem Streit der Brüder Kronfeld (33, 2) hervor; man beachte namentlich die Worte Ottos: 'Mit allem Respekt vor euern ökonomischen Schriften, Akademien und Finanzkollegien, hätte Gott dem Bauer nicht einige Glückseligkeit ausgemacht, die ihm keine Spekulation nehmen kann; ihr Kameralisten hättet sie schon längst zu blosen, gefühllosen Triebrädern unserer Üppigkeit projektirt'. Und auf den Einwurf des Hans: 'Das verstehst du nicht. Wo hättest du's auch gelernt? Bist auf keiner Universität gewesen; hast keine Studia —' erwidert Otto charakteristisch: 'Aber meinen gesunden Verstand'. — Andere in dieser Richtung sich bewegende Äusserungen sind (15, 8) in Karlchens Abneigung gegen die Schule und in seinem Wunsche zu suchen, dass er Jäger werde; denn 'der kann den ganzen Tag herum laufen, schiessen, reiten'; statt in der Schule zu sitzen, ist er lieber bei Mama; 'da', sagt er, 'darf ich nicht immer so sitzen. Die erzählt hübsch, wie die Thiere schwatzen' u. s. f. Hass also gegen das Buch aus Liebe zur Natur! Und ähnlich in George Brands abweisenden Worten: 'Was die Welt sollte, mache Schriftgelehrter und Pharisäer aus. Ich wäre gerne schlecht und gerecht' (81, 3). — Ein typisches Zeichen der Gattung ist schliesslich die Geringschätzung, mit welcher dem Gelehrten Anheim von beiden Parteien begegnet wird.

Einer der charakteristischsten Ausflüsse des Naturdranges ist der Kampf gegen die konventionellen Ehrbegriffe der Gesellschaft. Von diesen Vorurteilen der Menschen ruft Otto von Kronfeld ironisch: 'Auf die

kommts auch bey Gerechtigkeit und Wahrheit an'
(38, 21), während Anheim in einem Augenblick des
Unmutes es direkt auspricht: 'Das hat man von den
Vornehmen, lässt man sich mit ihnen ein. Seine w a h r e
E h r e s e t z t m a n z u, um die lumpichte Ehre zu haben,
ihr Freund, ihr Gesellschafter zu seyn' (41, 8). —
Man lese ferner die folgenden Entrüstungsrufe der Juliane: 'Ist meine Ehre ein Ding, das er mit Geld bezahlen kann, und seine verlorne Rechtschaffenheit ein
Ding, das er auch mit Gelde wieder haben kann, verlohnt sichs der Mühe, davon zu reden?' (73, 32) und 'Des
Grafen Betrügerey in einen Schacher zu verwandeln,
dazu halten Sie sich nicht zu gering; aber für einen ehrlichen Mann eine Schuld berichtigen, das erniedrigt Sie.
Des Ehrgeizes der Menschen!' (74, 9) sowie endlich
(86, 1): 'Die Gesetze der Ehre verbieten, gegen einen
Unbewafneten den Degen zu ziehen: warum ist's nicht
unedel, alle Ränke und Kniffe, Versprech ungen und Zusagen gegen ein Mädchen zu brauchen, dem d ie wenige
Gültigkeit dieser Gaukelspiele unbekannt ist?'

Auch der politische A n s t u r m gegen das Bestehende
zieht seine Wellen durch Karl Lessings 'Mätresse'.
'In Europa, wo man einen Montesquieu hat', meint der
Pedant Hans von Kronfeld (33, 23), 'ist es eine ausgemachte ewige Wahrheit, dass die monarchische Regierung die beste, die beglückendste ist —'; der Ver-
treter der natürlichen Menschenrechte, sein Bruder Otto,
scheut sich jedoch nicht vor offenem Ausdruck seines
kühnen Zweifels: 'Eine ewig ausgemachte Wahrheit?
Welcher Geck wollte das ausmachen?' — worauf er die
englischen Verfassungszustände als Muster hinstellt, im
übrigen aber auf überzeugend drastische Weise für die
amerikanischen 'Rebellen' gegen England Partei ergreift. —
Wichtiger muss natürlich jede Äusserung sein, welche
direkt auf deutsche politische Zustände Bezug nimmt. In
dieser Hinsicht sind namentlich die wiederholten Angriffe
auf das Civilrecht, die 'Bürgergerechtigkeit', zu erwähnen,

die sich im Munde eines Gerichtsbeamten, des Land-
reiters Quendel, doppelt gewichtig ausnehmen: 1) 'Die
Bürgergerechtigkeit taugt den Teufel' (46, 5); hier
empfiehlt er gegenüber der Widersinnigkeit dieser die
Einfachheit der 'Soldatengerechtigkeit'. 2) 'Was ist
eine Abbitte? Eine Erklärung, dass man einen Schurken
geprügelt, den die Bürgergerechtigkeit prügeln sollen'
(51, 23). 3) 'In der Bürgergerechtigkeit geht es so
her, als wäre sie blos da, dem Armen das Garaus zu
spielen' (84, 6).

Accorde aus dem Sturmkonzerte des Jahrzehnts sind
ferner nachstehende Äusserungen Ottos: 'Nun weiss ich
Gutherzigkeit und Dankbarkeit aufzufinden. Bey den
Armen, beym gemeinen Volke; und Büberey und Schurkerey bei Grafen und Herren!' (77, 8) — 'Meine
Familie sind alle Rechtschafne; das übrige sind Bastarden,
deren ich mich jederzeit geschämt habe, und schämen
werde' (89, 17) und später (103, 31) daran an-
klingend: 'Und ich kann dir beweisen, dass ein schlechter
Mensch nie zu unserer Familie gehört.' — Direkt re-
volutionär ist schliesslich das Pathos, zu welchem sich
die beleidigte Tugend in Juliane erhebt (86, 10):
'Der Gewaltige kauft alles, und der Schwächere muss
alles geschehn lassen. — O mein Herr! ich bin in den
Klauen unserer jetzigen gesitteten menschlichen Welt
gewesen: sich ihr wieder zu vertrauen, hiesse, sich von
ihr verschlingen lassen wollen.' —

Was gegenüber der verderbten grossen Welt die-
jenigen Dramen, welche ich in meiner Abhandlung
über 'Die Sturm- und Drang-Komödie' als Lustspiele der vom Sturm der Original-Genies fortgerissenen
Talente bezeichne, gelten liessen, war die schlichte
deutsche Bürgerfamilie. So nennt in unserer
'Mätresse' Lorchen nichts ein grösseres Verbrechen des
Verführers als 'er schwatzte ein ehrliches Mädchen aus
ihrer Familie' (11, 1), und ganz im selben Sinne be-
zeichnet Juliane selbst (18, 14) als erste Höllenqual

ihres Herzens: 'dass mich Vater und Mutter verstiessen'. —
Die einfache Lebensweise der Bürgerlichen rühmt Otto,
indem er (32, 33) sein 'Wohlgefallen daran ausdrückt
'zu sehn, wie sie mit Freuden nach Hause zu den ihrigen
eilen, wo sie bey einer schlechten Mahlzeit mehr Vergnügen schmecken, als wir bey drey Gängen' (vergl.
das Problem in Grossmanns 'Nicht mehr als sechs Schüsseln'). Auf den Vorwurf der gnädigen Schwägerin:
'In seinem Dorfe ist Esszeit für Vieh, Gesinde, Bauer
und gnädigen Herrn zugleich' antwortet Otto (36, 16)
denn auch einfach harmlos: 'Ja.' — Man beachte ferner,
dass (57, 36) als indirekte Ursache von Julianens
Unglück ihre Anstellung als Gesellschafterin zum Fran-
zösischsprechen erscheint. Hierauf ist es auch zu
beziehen, wenn ihr Vater (79, 3) klagt: 'Ich büsse
aber auch meine Eitelkeit genug, dass ich ein besseres
Landmädchen an meiner Tochter haben wollte, als andere Väter.' Seine Absichten, 'sie einem ehrlichen
Mann zu geben, und eine rechtschafne Mutter aus ihr
zu machen, wie die ihrige', — diese seine bürgerlich
hausväterlichen Absichten seien ihm dafür auch zu Wasser
geworden (80, 4). — Gegenüber der so stets als
Muster der Ehrbarkeit aufgestellten schlichten deutschen
Bürgerfamilie erscheint die adlige Familie — ganz im
Charakter der litterarischen Zeittendenz — als untergraben,
verderbt. Maria von Kronfeld giebt (65, 6) ihrer
Tochter über die Stellung der Ehegatten zu einander
eine derartig korrupte Auffassung kund, dass die Tochter
entsetzt ruft: 'Dabey führ' ich aber schlimmer, als das
gemeinste Mädchen.' Und schliesslich sticht von der
Opferfreudigkeit der Brandschen Familienglieder erheblich
der Schmerzensruf des Hans von Kronfeld ab (106, 12),
der auf die liebenswürdige Bemerkung seiner gnädigen
Frau: 'Wär' ich nicht gezwungen worden, Sie hätten
mich auch nicht' sehr offenherzig antwortet: 'Wollte
Gott! so hätt' ich bey meinem schweren Amte für Sie

und eine grosse Familie nicht zu sorgen, die überstandes-
mässig aufgehn lässt.' —

Unter den Q u e l l e n der 'Mätresse' (s. 'Karl Gotthelf Lessing' S. 69 ff.) steht Richardsons 'Pamela'
obenan; aus ihr hat sich unter Zuhülfenahme von Ele-
menten der 'Clarissa' desselben Dichters und der Rous-
seauschen 'Nouvelle Héloïse' das Problem des Dramas
gebildet. Neben 'Pamela' selbst benutzte der jüngere
Lessing eine freie dramatische Bearbeitung der Idee dieses
Romans, nämlich die komische Oper 'The Maid of the
Mill' von Isaac Bickerstaff, der manche vom deutschen
Dichter selbständig ausgestaltete Charaktere, namentlich
Otto von Kronfeld, dessen Nichte Elisabeth sowie deren
Eltern und Geliebter, ihre Entstehung verdanken. Ferner
haben 'Der Geheimnissvolle' von Johann Elias Schlegel
und 'Der Misstrauische' von Cronegk Anteil an der
Ausarbeitung des Geheimnisnarren Hochthal. Die Land-
reiter schliesslich gehen, wie am angeführten Orte er-
wähnt, auf die Gerichtsdiener Shakespeares zurück. Nach
dem grossen Briten gearbeitet ist ferner, wie hier hinzu-
gefügt sei, das Verhältnis von Schuldner und Gläubiger.
Dieser, Kneiper, bei Lessing charakteristischer Weise
ein Christ, entspricht dem Juden Shylock, in dessen
Worten:

'Gaoler, look to him: — tell not me of mercy!'
('The Merchant of Venise' III, 3) die Veranlassung
zu der milden Fürsprache der Landreiter für George
Brand zu suchen ist; auch appellirt in Shakespeares
Drama (IV, 1) der höchste Gerichtsbeamte, der Doge,
an die Menschlichkeit des hartherzigen Gläubigers, der
indessen auf seinem Schein und namentlich der darin gegebenen Zeitbestimmung besteht, ganz wie Kneiper von
keiner Frist wissen will, sondern das 'Sogleich' des
Scheines wörtlich ausgeführt wünscht; sein Drängen ist
eben auch hier durch mehr als Geldgier motiviert, nämlich
wie bei Shakespeare durch Hass und Rachlust gegen
den Schuldner, welcher den Durchsteckereien des Wuche-

rers als ehrlicher Mann entgegengetreten war; so gilt
denn auch Kneiper dem schlichten Herzen als 'Vieh'
(45, 25), als 'Unthier' (49, 34), wie Shylock wieder-
holentlich 'Hund' genannt wird. Die Errettung des
Schuldners schliesslich geschieht in beiden Fällen durch
weibliche Hülfe; wie Porzia bei Nennung der 3000
Dukaten, so ruft Juliane (52, 24) bei Angabe der 300
Thaler: 'Nichts mehr?'

Ausser diesen Stoff-Quellen sind eine Reihe von Stil-
Quellen nachweisbar. Durchaus sentimentalem Boden
entnimmt unser Autor die Hauptelemente des Stoffes;
wie gelangt er vom 'larmoyanten' Tone zum Pathos der
Entrüstung, von welchem das Drama durchklungen ist?
Die nahezu tragische Grösse, zu welcher sich die Heldin
erhebt, giebt den Aufschluss: die Muse der Tragödie
dehnt ihren Einfluss auf komisches Gebiet aus. Zwei
solcher Momente sind in meiner Monographie (S. 74
u. 76) beigebracht: 1) die zeitgenössische Tragödie der
Sturm- und Drang-Periode, namentlich Goethes 'Clavigo'
und H. L. Wagners 'Kindermörderin'; 2) Karl Lessings
eigene Tragödienpläne. Auf ein weiteres Element, welches
dem jüngeren Lessing zwar nicht Quelle, aber doch
Schulung in dieser Richtung geboten haben mag, weist
Dr. Albert Pick in der Recension der mehrfach citierten
Monographie hin (Herrigs 'Archiv für das Studium der
neueren Sprachen und Litteraturen', 78. Bd., 2./3. Heft,
S. 349), indem er an Karl Lessings Euripides-Studien
erinnert. Obgleich die dort zum Nachweis derselben
citierte Briefstelle (G. E. Lessings Werke, Hempel
XX, 2, S. 213, nicht — wie dort irrtümlich gedruckt
— 313) auf das Jahr 1767 zurückgeht, während 'Die
Mätresse' jedenfalls erst Ende der siebziger Jahre ent-
stand, so wird man doch annehmen dürfen, dass diese
antik-klassischen Studien bei einem Lessing nicht vor-
übergehend waren. Und wenn, wie es an mehr als
einer Stelle der Fall ist, die Heldin unseres Dramas in
ihrer Weltüberwindung unwillkürlich den Eindruck an-

tiker Hoheit hervorruft, so wird man insbesondre an die
Polyxena in 'Hekabe' und Iphigenia in Aulis erinnert;
auch ist zu erwähnen, dass Medea in ähnlicher Situation
Jason gegenübersteht wie die Mätresse ihrem Verführer:
der Mann will die Mutter seiner Kinder verstossen und
bietet ihr als Ersatz äusseres Gut an; aber schon Medea
weist jede Gabe des Treulosen entrüstet zurück, der
seinerseits durch sein Anerbieten sich in seinem Gewissen
genügend beruhigt glaubt.

Nachhaltiger aber ist jedenfalls der Einfluss, welchen
ein unserm jüngern Lessing zeitlich und persönlich un-
endlich näher Stehender auf ihn ausgeübt hat, nämlich
sein Bruder Gotthold Ephraim selbst. Begeistert schreibt
Karl Gotthelf an diesen nach dem Lesen der 'Emilia
Galotti' (G. E. Lessings Werke, Hempel XX, 2,
S. 552): 'In Deiner Emilia Galotti herrscht ein Ton,
den ich in keiner Tragödie, so viel ich deren gelesen,
gefunden habe.' Und in der That hat vornehmlich
'Emilia Galotti' auf den Stil der 'Mätresse' eingewirkt.
In dreierlei Beziehung lässt sich dieser Einfluss nach-
weisen: in der I r o n i e, der W i e d e r h o l u n g und der
K o r r e k t u r.

I r o n i s c h e Wendungen sind bei G. E. Lessing
überhaupt häufig, auf dramatischem Gebiete besonders in
der 'Minna' und 'Emilia'. Während aber im ersteren,
komischen Stücke die Ironie fast ausschliesslich ohne Bei-
geschmack, harmlos ist — ich möchte sie die r e i n e
I r o n i e nennen —, m i s c h t sie sich in dem späteren,
tragischen Werke reichlich mit Bitterkeit und Hohn aus
dem Munde der Verstossenen und Unterdrückten.

R e i n e I r o n i e findet sich in der 'Mätresse' selten.
Beispiele sind: 'Anheim: Ich vertrieb sie doch nicht? —
Lorchen: Nein; sie gieng Ihnen nur aus dem Wege'
(6, 29). — 'Lorchen: Sie freuen sich? Je nun; ich
mich — auch' (9, 32). — 'Lorchen: Wie gnädig!
mir eine Gnade zu versprechen!' (20, 15) — 'Otto:
Dass Sie allerseits wohl geruht haben, beweiset Ihr

Frühaufstehn' (um Mittag! — 30, 25). — 'Maria: Das Holz von Kerln setzt ja allen Respekt bey Seite. Otto: Das macht, gnädige Frau! er kömmt das ganze Jahr in keine Assemblee' (36, 1).

Wie die Hauptvertreterin der reinen Ironie Lorchen ist, so erklingt vorwiegend aus ihrem Munde der ironische Notschrei des Hohns oder — nennen wir es kurz — die gemischte Ironie. Auf die Versicherung Anheims: 'Wir werden nicht undankbar seyn' erwidert Lorchen: 'Glaub' es! — Letzthin erzählte man, ein Spitzbube hätte ein ganzes Haus ausgeräumt, und an der Thüre dem Hausmädchen von freyen Stücken ein Trinkgeld gegeben' (7, 3). — Bitterkeit, Hohn und Ironie mischen sich ferner in der ganzen Tirade desselben Mädchens, welche beginnt: 'Unrechts? Behüte! Er hat keinen tod geschlagen' u. s. w. (10, 18) und in demselben Auftritt: 'Nur Kleinigkeit! Gar nichts mehr, als, er schwatzte ein ehrliches Mädchen aus ihrer Familie' u. s. w. — Ferner: 'Sie brauchens (Geld) aber nöthiger wie ich und meine Muhme . . . Sie brauchens, meine Herren, zum Bestechen der Unschuld' u. s. f. (13, 6). — Erwähnt sei aus Lorchens Munde noch: 'Der ist ein so gesetzter, verständiger, in die Umstände sich fügender, kaltblütiger Tugendmäkler, dass er noch einen Religionsverein zwischen Laster und Tugend stiftet' u. s. f. (59, 5). — In den Reden der Juliane übertönt das Pathos der beleidigten Tugend den Hohn der Ironie. Beispiele sind indessen: 'Bring' ich mich selbst um Ihren hohen Schutz' u. s. w. (18, 5) und 'Sie sinds auch [mein Freund] . . . Ich habe die Ehre gehabt, heimlich von Ihnen verläumdet zu werden' u. s. w. (72, 26). — Hochthal, der sich gleichfalls verschmäht glaubende Liebhaber, macht der Bitterkeit seines Herzens mehrfach durch höhnische Ironie Luft (26, 27 und 27, 12): 'Weislich gewählt, weislich gethan, gnädiges, weises Fräulein!' und 'Sie wollen mich gewiss zu Ihrer Verlobung einladen?' — Vereinzelt wird die Ironie bitter im Munde Anheims: 'Sogar Jahr

aus Jahr ein Ihre Gesellschaft! die hat auch ihr Angenehmes' (99, 20) und Ottos (Beispiel von Selbstironie):
'Lustig von mir, lustig!' u. s. w. (40, 30).

Die Wiederholung kann ihren Grund in positiver
Verstärkung, in Zweifel oder in Widerspruch haben.
Zur blossen verstärkenden Hervorhebung wiederholt
Karlchen: 'Muhme! Muhme! frey! frey! den ganzen
Tag!' mit Umstellung: 'Den ganzen Tag frey, Muhme!'
(13, 20) — Ferner Lorchen: 'Wie gnädig! mir eine
Gnade zu versprechen!' (20, 15) — Hochthal: 'Weislich gewählt, weislich gethan, gnädiges, weises Fräulein!'
(26, 27; — in den beiden letzten Fällen zugleich Ironie!). — Otto: 'Hätt' ich den Schurken da, der sie angeführt; ich will selbst ein Schurke seyn, wenn ich ihm
nicht unter die Augen sagte: Sie sind ein Erzschurke'
(38, 2). — Blossen Nachdruck bezweckt auch die
mehrfache Wiederholung von Mannheims Frage: 'Sie? . .
Sie? . . Sie? Sie?' (98, 17) — Zwischen zwei Per-
sonen verteilt ist die Wiederholung (24, 4 ff.): 'Hochthal:
Durch die Hinterthüre . . . Nein; eigentlich über die
Hinterthüre. Paul: So muss Er auch eigentlich über
die Hinterthüre wieder heraus . . . Eigentlich über die
Hinterthüre!' Und derselbe zwei Auftritte später (28 12)
noch weiter: 'Dir soll das über die Hinterthüre angestrichen
werden', sowie (28, 26): 'Da ist ein Lümmel ohne
Umstände über die Hinterthüre eingestiegen'. Abgesehen
von der ersten, noch später zu betrachtenden korrigierenden
und der letzten, eine dritte Person orientierenden Wiederholung der Worte 'Über die Hinterthüre' haben wir
hier drei Wiederholungen mit der offenkundigen Tendenz
einer nachdrücklichen Hervorhebung von etwas Unge-
wöhnlichem.

Aus nachdrücklichem aufrichtigem Zweifel wird die
Wiederholung in der 'Mätresse' selten angewandt. Ein
Beispiel ist: 'Lorchen: Es scheint Ihnen gar nicht anders
möglich, als diese Bösewichter gesagt? — Otto: Bösewichter? Meine Freunde! — Lorchen: Erzbösewichter!'

(56, 10) — Ein weiteres vielleicht: 'Lorchen: Er . . .
liess es kurz darauf in der grössten Armuth sitzen. —
Mannhof: Arm ist sie? arm! Juliane arm! Nicht doch!
nicht doch!' (11, 4) — So geht hier der Zweifel
schon in Widerspruch über.

Offener Widerspruch soll durch folgende Wiederholungen betont werden: 'Mannh: Aber wollten Sie die
erste die beste von der Strasse heyrathen, in die Sie sich
unglücklicher Weise verlieben müssen? — Anh: Müssen,
müssen! .. Wenn Sie das müssen heissen' u. s. f.
(8, 33). — 'Anh: Aber sie hat ja selbst Vermögen . . .
Lorch: Vermögen? dass Gott erbarm!' (11, 12) —
'Mannh: Wer leidet aber bey solchem Eigensinn am
meisten? — Jul: Leiden? Und was denn leiden?'
(18, 10) — 'Lorch: Wie gnädig! mir eine Gnade zu
versprechen! — Mannh: Versprechen und halten!'
(20, 16) — 'Hans: Können sie die Amerikaner, die Rebellen, zu Paaren treiben? — Otto: Rebellen! also bin
ich auch Rebelle? .. Rebellen!' (34, 11) — Un-
mittelbar an den grossen Bruder des Autors erinnert
schliesslich der folgende, durch Wiederholung nachdrücklich
betonte Widerspruch: 'Mannh: Nach den Gesetzen
darf sie mir gar nichts fordern, als die Erziehung
des Kindes . . . Otto: . . Schrieb aber Gott in Ihr Herz
kein anders Gesetz, als das unvollkommenste, unzu-
länglichste der menschlichen Gesellschaft? Lieber ein
öffentlicher Räuber und Mörder, als ein Mann, der unterm
Deckmantel der Gesetze raubt und stiehlt . . . Nach
den Gesetzen darf sie mir gar nichts fordern! —
Ihr gesetzmässigen Bösewichter!' (96 2 ff.) — Die
berühmtesten Beispiele solcher abwechselnden Wiederholung der ganzen Phrase und ihres Hauptbegriffes sind
G. E. Lessings: 'Der Name Marinelli war das letzte
Wort des sterbenden Grafen . . . mit einem Tone!'
('Emilia Galotti' III, 8 und V, 5) und 'Wer über
gewisse Dinge den Verstand nicht verliert, der hat keinen
zu verlieren' (ebd. IV, 7 und 8 sowie V, 5). —

Zahlreich und mannigfaltiger Art sind schliesslich in der 'Mätresse' die Korrekturen. Ich begnüge mich hier zunächst mit der Scheidung in zwei Hauptgruppen: Formal- und Real-Korrekturen.

Nur formal, ohne dass der Sprecher wirklich schwankt, sind Korrekturen wie: 'Gieb ihnen Koffee . . . Schon recht! ihnen nicht; aber den Hungrigen und Durstigen' (6, 14). — 'Ich habe so viel Recht auf den Knaben, als Sie; mehr Recht, sag' ich Ihnen' (19, 17). Wie im ersten Falle der Gegensatz, so ruht im zweiten die Steigerung nur auf der Zunge, nicht im Herzen des Sprechers. — Nur formal sind auch die Steigerungen: 'Dass ich sie vergessen wollte, musste' (80, 18); 'Ich zweifle auch, dass ichs verdient habe; nein, so viel verdiente ich nicht' (90, 9); 'Und zu wenig, ist nichts' (110, 34).

Ein wirkliches Schwanken — Real-Korrektur — hat besonders in folgenden Fällen statt: 'Die mir aber alles versagte! . . Nein, die mir alles gewährte, sogar die Rettung aus Ihren Klauen!' (17, 26) und in demselben Auftritt (18, 12): 'Ach, Kleinigkeit! nein, Glückseligkeit, Glückseligkeit! wenn alles da (auf ihr Herz zeigend) ruhig ist.' Ferner: 'Juliane: Geld will er mir aufdringen! — Lorch: Und zu seinem Gewissen sagen: ich hab' es wieder gut gemacht. Aber dem stolzen Grafen einen Querstrich durch seine Ehrlichkeit! — Doch nein, nimm's! Wer ist nicht von Deiner Unschuld überzeugt?' (21, 19) — Schon unter den Wiederholungen war zu erwähnen 'Durch die Hinterthüre . . . Nein, eigentlich über die Hinterthüre' (24, 6). — Weitere Real-Korrekturen sind: 'Lässt sich hören, Graf! . . Aber doch nicht! Ich erbot mich . . . Alles gradezu verbeten!' (39, 25) und 'Irrung, Herr Baron! . . Nicht doch! Der Neigung zu so einem würdigen Kavalier braucht sie sich nicht zu schämen' (70, 25). — Schliesslich schreibt sich der Gegensatz: 'Mit dir schwand Glück und Segen . . . Nicht mit dir' (78, 28) im Munde George Brands offenbar aus dem Einfluss des dazwischengeworfenen Verzweiflungsschreis der Juliane: 'Mit mir!' her, welcher genügt, um den Vater zu erschüttern und schwankend zu machen. --

Dass derartige Wiederholungen und Korrekturen allgemein charakteristische Eigentümlichkeiten des Sturm- und Drang-Stils sind, wird durch die stilistischen Beobachtungen von Brahm ('Ritterdrama' S. 204 ff.) anschaulich gemacht, so dass 'Die Mätresse' auch in dieser Hinsicht den Zeittypus an sich trägt. --

Als Zeit der Abfassung steht aus äusseren und inneren Gründen (s. S. 76 meiner Monographie u. vergl. auch die S. 74 daselbst gegebenen Anklänge) das Ende der siebziger Jahre vorigen Jahrhunderts fest.

Über die Aufführung der 'Mätresse' in Breslau handele ich ebendort S. 68 f., über zeitgenössische Recensionen S. 75 f. Neben dem daselbst gerügten Erlahmen des Interesses am Ende des V. Aktes durch Vordrängen der Nebenpersonen ist der Hauptmangel des Stückes die seichte Breite, in welche manche gut angelegte Situation verläuft. Eine sorgsame Feile, wie sie der jüngere Lessing seinen andern Lustspielen noch nach ihrer Veröffentlichung für eine zweite Ausgabe zuteil werden liess, würde auch dieses Drama wesentlich gehoben haben. Indessen blieb 'Die Mätresse' das einzige Stück des Autors, das (ausser einem nicht in die Sammlung der 'Schauspiele' aufgenommenen Jugendwerke) nur einmal zur Ausgabe gelangte. Dass aber eine nicht erhaltene Umarbeitung Ende der neunziger Jahre handschriftlich ausgeführt war, weise ich S. 22 meiner Monographie aus ungedruckten Briefen nach.

Demgemäss liegt diesem Neudruck das Original in der Berlin, bey Christian Friedrich Voß, und Sohn. 1780. als zweites Stück der Schauspiele von Karl Gotth. Leßing. Zwenter Theil. S. 153—344 (zwischen dem 'Bankrot' und der 'Reichen Frau') erschienenen Fassung zu Grunde.

Es erübrigt noch, die am Texte vorgenommenen Änderungen zu erwähnen. In vielen Fällen ist nicht feststellbar, ob ein Versehen des Druckers oder des Schriftstellers vorliegt. Es wurde verbessert: 5, 8 fünf und zwanzig, weniger | 5, 9 Bücher | 5, 19 nennen? | 6, 14 dem | 7, 5 freyem | 8, 6 um heyrathen | 9, 18 gnug | 12, 2 sendete. | 15, 5 ganz schlecht. | 15, 15 Ruthe. | 17, 4 Nachbaren | 19, 9 reden, | 21, 10 Weiß | 24, 1 Paul. | 25, 28 schlechten | 28, 14 er | 30, 3 Sie | 31, 17 vom | 32, 34 Ihrigen | 33, 2 von | 34, 29 Bauer | 35, 28 Kinder | 36, 2 Assemble | 36, 4 Zehenter | 36, 26 Liveree | 37, 19 Ungenutze | 38, 4 sie | 38, 18 über sie | 38, 22 an. | 39, 24 Mannh. | 40, 32 essen und spielen | 42, 7 geschlagen. | 44, 5 Sechszehnter [s. u. Berichtigungen] | 46, 7 hat? | 46, 22 weiten | 49, 22 Bitten und Betteln | 51, 14 ihn | 51, 15, 17 und 18 sein | 51, 17 Freund | 53, 1 von | 55, 9 Madmosell | 56, 31 Schäcker | 57, 17 klagen. — | 59, 25 sechszig | 59, 29 Nachdenken | 60, 24 nur | 62, 4. 74, 9. 85, 6 und 89, 27 Grafens | 62, 28 bekandt [s. u. Berichtigungen] | 64, 13 Herz so | 64, 20 sollen. | 65, 11 Gallatägen | 68, 8 ab; | 68, 33 werben. | 69, 3 Wege. | 71, 20 da, da, — | 72, 7 mehr. | 72, 17 unvergleichliche | 73, 3 werdenden | 74, 2 Unentbehrlichen | 74, 14 ihn | 75, 12 hönisch | 76, 28 Beschönung | 79, 32 Ihrige | 80, 17 sie fluchte | 80, 26 Geschlechts. | 81, 13 Unbekandten | 83, 6 einen | 83, 10 ihm | 83, 31 Bürge | 84, 14 dem | 85, 18 unserm | 87, 25 dich | 89, 31 ihn | 90, 11 und 91, 16 nur | 95, 14 ihrigen | 97, 5 ihr | 97, 20 Anderer | 99, 21 Unangenehmes | 100, 16 ihr | 102, 24 alten und neuen | 104, 1 Taugschluß | 104, 7 Sieber | 104, 12 fremde | 104, 13 Staatsstrich | 108, 8 Grauschimmel und zweimal ein | 112, 1 bewilligen | 112, 33 den | 113, 1 Hunderttausende. — Ungeändert blieb: 52, 29 ihm, weil nicht Ehrenfried angeredet, sondern von seinem Vater gesprochen wird; ebenso ist 39, 30 die vom Original gebotene Lesart Abentheuerlichste zu denken beizubehalten [s. u. Berichtigungen], — vergl. 94, 29 und 31; schliesslich soll 111, 28 Krohp wohl eine verdeutschte Schreibung des englischen croup oder croop sein.

Die in der 'Mätresse' zu Tage tretende Regellosigkeit der Orthographie und Interpunktion musste als charakteristisch für die Sturm- und Drang-Periode beibehalten werden. In ersterer Hinsicht ist merkenswert der Wechsel zwischen ſ, s und ß; ff und ß; n und nn; f und ff; k und ck u. a.; ebenso steht als Dehnungszeichen bald h, bald e, bald fehlt es ganz. Die Interpunktion ist namentlich wirr in Bezug auf Anwendung des Apostrophs, welcher bisweilen in derselben Zeile und bei demselben Worte das eine mal gesetzt wird, das andere mal fehlt. Ferner eigentümlich ist die Setzung der Interpunktion vor der ganzen Klammer, das Fehlen des Punktes vor dem Gedankenstrich, sowie die häufigere Anwendung des Semikolons (statt eines Kommas) und des Kommas (vor 'und', nach dem Subjekt mit adverbialem Attribut, in Ausrufen wie 'Sie, Ehrloser!' u. a.).

Grammatisch schliesslich seien Schwankungen in der Anwendung der Deklinationsweisen erwähnt; besonders sind Eigenschaftswörter zwischen dem persönlichen Fürwort und dem Substantiv im Plural stark deklinirt ('ihre romantische Begriffe', 'ihre gute Handlungen' u. a. m.). Ferner ist ein regelloses Schwanken in der Deklination von Geschlechtsbezeichnungen und Titeln zu konstatieren; bald heisst es im Genetiv 'der Fräulein von Kronfeld,' bald 'des Fräuleins von Kronfeld', ebenso 'des Fräuleins', aber immer 'des Mädchen'. Auch die Münzgattungen sind willkürlich behandelt; es findet sich ebenso häufig der Plural 'Friedrichd'or' als 'Friedrichd'ore'. Statt 'um willen' steht wiederholt 'um' mit dem Genetiv.

Berlin, Juni 1887.

Eugen Wolff.

Berichtigung.

Lies: 39, 30 Abscheulichste zu denken | 44, 5 Sechzehnter | 62, 28 bekannt.

Die Mätresse.

Ein

Lustspiel in fünf Aufzügen.

Perſonen:

~~~~~~

Graf von Mannhof.

Baron von Hochthal, Liebhaber der Fräulein von Kronfeld.

Otto von Kronfeld.

Hans von Kronfeld.

Maria, Gemalin des Hans.

Elifabeth, deren Tochter.

George Brand.

Ehrenfried, deſſen Sohn.

Juliane, deſſen Tochter.

Karlchen, ihr Kind.

Lorchen, Muhme der Juliane.

Anheim, Geſellſchafter des Mannhof.

Paul, Jäger des Otto.

Anton, Bedienter des Hochthal.

Kneiper, ein Gläubiger des Brand.

Quendel } zwey Landreiter.
Nippert

    Einige Bauern, Bäuerinnen, Bediente und Kinder.

————

Erster Aufzug.

Reinliche Stube eines ordentlichen Bauerhauses.

Erster Auftritt.

Juliane

(an einem schlechten Schranke stehend, und ihr Wirthschaftsbüchelchen 5
in Händen habend)

Zwanzig Thaler für Butter und Milch mehr, als im vorigen
Jahre; und fünf und zwanzig weniger Ausgaben. — Für
das Kind aber an Büchern und Schulgeld dreyßig Thaler
mehr. — Doch das ist Kapital auf Interessen. 10

Zweyter Auftritt.

Lorchen. Juliane.

Lorch. (hastig hereinkommend) Ach, Juliane, Juliane!
[156] **Jul.** Nun?

Lorch. Ach, Juliane! zwey Reiter vor der Thüre — 15

Jul. Was wollen sie?

Lorch. Nein, nein; sind — Graf Mannhof und sein
Spießgesell Anheim.

Jul. Wer? Mannhof? — Mir diese Namen zu nennen!
Woher wüßte der meinen Aufenthalt? Was sollte er bey 20
mir wollen?

Lorch. Mit uns frühstücken, ohne uns zu kennen. Er siehts unserm Häuschen an, daß darinn eine Tasse Koffee zu haben.

Jul. Er da, wo ich? — Nein, nein; so lange noch
5 ein anderer Winkel der Erde ist. — Doch nimm sie auf, bewirthe sie; gieb ihnen Koffee.

Lorch. Gift, und nicht Koffee! Juliane, mir läuft die Galle über.

Jul. Kein Wunder! Dich beitzte das Unglück auch nicht
10 so, wie mich; bist noch nicht um alle deine Hofnungen. Ich — ich fühle kein Unrecht mehr.

Lorch. Kurz und gut; ich geb' ihnen nicht einen Tropfen Wasser.

[157] **Jul.** Schon recht! ihnen nicht; aber den Hungrigen
15 und Durstigen.

Lorch. Auch nicht, weil sies sind.

Jul. Nun, so muß ich selbst —

Lorch. Das noch weniger!

Dritter Auftritt.

20 Anheim. Juliane. Lorchen.

Anh. Sie lassen uns zu lange warten, meine Schöne. (stutzt über Julianen; vor sich) Kein Ey dem andern ähnlicher! Wirklich, Juliane! Blässer und abgezehrter; weiter nichts.

Jul. (sich wegbegebend; leise zu Lorchen) Sie sinds, und
25 ich bins!

Vierter Auftritt.

Anheim. Lorchen.

Anh. Ich vertrieb sie doch nicht?

Lorch. Nein; sie gieng Ihnen nur aus dem Wege.

Anh. Eben keine große Höflichkeit ge=[158]gen Fremde! Wir werden nicht undankbar seyn.

Lorch. Glaub' es! — Letzthin erzählte man, ein Spitz= bube hätte ein ganzes Haus ausgeräumt, und an der Thüre dem Hausmädchen von freyen Stücken ein Trinkgeld ge= 5 geben.

Anh. Was beliebt Ihnen damit?

Lorch. Sie krigen gleich Koffee.   (ab)

Fünfter Auftritt.
Mannhof. Anheim.   10

Mannh. (begegnet ihr noch) Madmoisell, zu viel Güte!

Anh. Wo noch gewesen, Graf?

Mannh. Um das Häuschen herum, im Garten: alles recht artig angelegt.

Anh. Auch eine recht artige Bäuerin darinn; Ihre ge= 15 wesene — kurz, Ihre Juliane Brand.

Mannh. Wenigstens ist die Weggegangene ihre Muhme.

Anh. Einen Augenblick eher, und Sie hätten auch Julianen gefunden.

[159] **Mannh.** Wo muß die hieher gekommen seyn?   20

Anh. Mit Ihrem Wagen gewiß nicht.

Mannh. Erinnern Sie sich nicht, daß mein Oheim eine gewisse Juliane, aus eben diesem Dorfe, immer bis in Himmel erhebt? Wenns eine Person wäre?

Anh. So hieß er Ihren Roman nicht schön.   25

Mannh. Den muß er gar nicht erfahren. Juliane hat so viel Scharfsinn, so viel Einnehmendes: was sie sich zu behaupten vornimmt, man müßte Stein und Eisen seyn, wenn mans nicht so fände. Nehmen Sie die andern Vor= züge dazu, die mein Oheim richtig bemerkt: die beste Wirthin, 30 die beste Gesellschafterin, gutherzig, wohlthätig und etwas schwärmerisch. Ich kenne keine Bessere.

Anh. Auch unterm Adel nicht?

Mannh. Den Widerschein von ihr allenfalls!

Anh. Und diese konnten Sie verlassen?

Mannh. Um eines einzigen Fehlers willen, der alle
5 ihre Tugend mir vereckelte. Sie wollte mich durchaus nur,
um zu heyrathen.

[160] **Anh.** Versprachen Sie's ihr etwa?

Mannh. Gott sey Dank! so großer Gimpel war ich
nie! Hätte sie auch so was schriftlich gehabt, an Rathhaus
10 und Kirchthüre hätte sie's angenagelt. Was sie auch vor=
bringen kann; Zeugen kann sie nicht stellen. Freylich im
Enthusiasmus, unter vier Augen, mag ich ihr dieß und
jenes angelobt haben. Um den ersten Kuß mußt ich mich
ja schmiegen und biegen; schmeicheln und lügen; bald von
15 Verzweiflung, bald von Selbstmord reden; und von un=
glücklicher Liebe träumen und wachen. Nimmermehr geb'
ich mir wieder so viel Mühe um einen Kuß.

Anh. Graf, so nach hätten Sie ihr doch Hofnung
gemacht?

20 **Mannh.** Blose Worte! verliebte Worte!

Anh. Wenn Ihnen jemand auf Ihr bloses Wort sein
Vermögen anvertraute, wollten Sie's ihm ableugnen, wenn
ers wieder forderte?

Mannh. Hm!

25 **Anh.** Warum bezahlen Sie am allerersten Spielschulden?
Weil sich Ihr Gegenspieler blos auf Ihre Denkungsart
verläßt.

[161] **Mannh.** Aber wollten Sie die erste die beste von der
Straße heyrathen, in die Sie sich unglücklicher Weise ver=
30 lieben müssen?

Anh. Müssen, müssen!

Mannh. Das eben ist es, was ihr Tadler vergeßt!

Anh. Wenn Sie das müssen heißen, die Reize eines
Mädchens fühlen, und nicht vergessen können: so betheur'

ich Ihnen heilig, ich hielte lieber mein Wort, und ließ mich
von den schalen Köpfen, die nicht weiter denken können,
als ihnen die klügern durch Sitte und Etikette vorgeschrieben,
verlachen, verspotten und tadeln, als mir von dem bessern
kleinen Theile einen Vorwurf machen. Das Lob des großen 5
Haufens verschwindet oft auf der Kapelle der Weisheit.

Mannh. Zogen Sie mich denn nicht am meisten von
ihr ab?

Anh. Auf Befehl Ihrer Mutter, da ich die Sache ganz
anders hörte, als jetzt. Für eine ausgelernte, verschmitzte 10
Buhlerin gab man sie mir.

Mannh. Das that meine Mutter! und das verzeih' ihr
Gott im Grabe! — Genug, [162] ich bin sie los, und der
treue Ritter des Fräuleins von Kronfeld. Also keine Predigt
gegen meines Oheims Absicht! 15

Anh. O! die käme zu spät!

Mannh. Mich verlangt aber doch, Julianens wahre Um=
stände zu erfahren. — Nennen Sie mich in Lorchens Gegen=
wart Fallhorn. Wegen unserer großen Aehnlichkeit wird's
ihr glaublich. Dann bringen Sie sie auf mich. Es sollte 20
mir doch leid thun, wenns ihr gar zu schlecht gienge. —
Da kömmt sie schon!

Sechster Auftritt.
Lorchen. Mannhof. Anheim.

Lorch. Bedienen Sie sich aber selbst. (den Koffee bringend) 25

Anh. Fallhorn, Sie äßen wohl auch? Ich für mein
Theil bin sehr hungrig.

Lorch. Doch nicht Baron Fallhorn, den ich zu Berlin
bey dem Grafen Mannhof sah?

Mannh. Eben der, meine Scharmante. — Wie freut 30
michs, eine so angenehme Bekanntschaft zu finden.

[163] **Lorch.** (vor sich) Der Unverschämte! (zum Grafen) Sie
freuen sich? Je nun; ich mich — auch.

Mannh. Ich dächte, Sie schenkten uns ein?

Lorch. Ich? ich Ihnen?

Mannh. Ja, ja; es schmeckt nur aus schönen Händen.

Lorch. Lüge ist Schmeicheley, und Schmeicheley Lüge;
5 nicht wahr?

Mannh. Nein, im Ernst, in Wahrheit; Wein mit einem
Freunde, und Koffee mit einem Mädchen, oder beydes lieber
gar nicht.

Lorch. (indem sie einschenkt) Nicht anders, als wenn Graf
10 Mannhof spräche. Ihr sehr guter Freund doch wohl?

Mannh. Sollte er nicht?

Lorch. Nein; wenn Sie Ihre Ehre liebten. Ich muß
Ihnen zwar gestehen, Sie haben sehr viel von ihm, bis auf
seine trübe Stirne und seine spitzbübischen Augen. Doch es
15 gehn Erzschurken mit ganz stattlichen Gesichtern herum, und
brave Biedermänner mit fatalen Fratzen.

[164] **Mannh.** Was ist denn sonst so Unrechts an ihm?

Lorch. Unrechts? Behüte! Er hat keinen tod geschlagen.
Wissen Sie, warum? Weil er zu viel Memme ist. Er hat
20 seine Arbeiter und Gläubiger richtig bezahlt; weil diese all=
zeit Schwarz auf Weiß hatten. Er hat sein Vermögen
nicht durchgebracht; weil er wohl sieht, daß seine Schurkerey
ohne Vermögen eine unausstehliche Schurkerey ist. Er ist
gegen jedermann artig und bescheiden, weil er befürchtet, es
25 möchte ihn jeder hinter die Ohren schlagen, wenn ers nicht
wäre. Er ist gegen Damen immer voll Ehrfurcht und Ge=
fälligkeit; weil er Geck genug ist, nicht zu wissen, daß ihn
jede, die ihn anlächelt, im Herzen verabscheut, und für einen
größern Narrn hält, als er wirklich ist. Kurz, man kann
30 ihn nach den Gesetzen weder hängen noch rädern: aber
Galgen und Rad sind viel zu wenig für seine Schurkerey.

Anh. Ho, ho, ho! (leise zum Grafen) Mehr wollen Sie
doch nicht wissen?

Mannh. Ich hörte sie immer gern schna=[165]ken. —
35 Was ist denn eigentlich sein Verbrechen, liebe Erzählerin?

Lorch. Nur Kleinigkeit! Gar nichts mehr, als, er schwatzte ein ehrliches Mädchen aus ihrer Familie, und ließ es kurz darauf in der größten Armuth sitzen.

Mannh. Arm ist sie? arm! Juliane arm! Nicht doch! nicht doch!

Lorch. Warum nicht? Wird man von angebotenem und ausgeschlagenem Gelde reich?

Anh. In der Noth muß man nichts ausschlagen.

Lorch. Wahrhaftig! eine Lehre, die Sie ausüben.

Anh. Aber sie hat ja selbst Vermögen; wenigstens den Grafen es beredt.

Lorch. Vermögen? daß Gott erbarm! Da sie der Graf verlassen, getraute sie sich nicht zu ihren Eltern. Sie erhielt aber in eben der Zeit von ihrem Vater einen bittern Brief: „Ihre Mutter wäre endlich vor Kummer über sie gestorben. Ob sie gleich seine Tochter zu seyn aufgehöret, so hasse er sie doch nicht; noch wolle er sie um das Geringste bringen. Er schicke ihr daher ihr mütter=[166]liches Erbtheil; fünf hundert Thaler und einiges Haus= und Leingeräthe." Mit diesem Gelde kaufte sie dies Bauergütchen.

Mannh. (gerührter) Und weiter habt ihr nichts, wovon ihr lebt?

Lorch. O! das wäre schon genug. Sie wurde, wie ich, von Jugend auf zur Häuslichkeit mit angehalten, und wir wissen das Gütchen zu nutzen. Ueberdies ist sie Putzmacherin, Nätherin in der ganzen Gegend von den Edelfrauen bis auf die Bäuerinnen.

Anh. Frisch Brod und Butter bekommen wir wohl nicht?

Lorch. (verdrüßlich) Will zusehn.

Siebenter Auftritt.
Anheim. Mannhof.

Mannh. Sie haben ja selbst den Brief gelesen, worinn sie Vermögen genug zu haben mich versicherte. Schickte sie mir nicht überdies alle Geschenke und Juwelen zurück? Und nahm sie auch nicht an, da ich sie ihr wieder zurück sendete? Konnt' ich errathen, daß sie mich zu ihrem Schaden so vorsätzlich belöge?

5 [167] **Anh.** Sie macht's Ihnen schwer, ein Mann von Ehre gegen sie zu bleiben.

Mannh. Genug, ich wollte ihrs weder am Nothwendigen, noch an Bequemlichkeit fehlen lassen. Wer alle Hülfe von sich stößt, ist der zu beklagen?

10 **Anh.** Graf! Sie gestunden ja eben, daß Sie die Tugend beleibigt.

Mannh. Beleibigt, weil ich sie liebenswürdig gefunden? Was wollen Sie mit Ihrer Börse? Ich werde schon —

Anh. (indem er Goldstücken aus derselben zeigt) Diese alle, 15 und freilich noch mehrere erhielt ich von Ihrer seligen Mutter zum Dank, daß ich Sie von Julianen trennte. Ich wollte, ich hätte sie alle noch. Aber ich hatte mich in meinem Kämmerchen fünf Jahr versessen, und am wenigsten gedacht, daß ich auf Anderer Kosten lebte, die mich endlich sehr heftig 20 daran zu erinnern begannen. Ich suchte Brod, fand's in Ihrem Hause. Vor einer Stunde hätte ich noch gesagt: war so glücklich, es zu finden. Aber, lieber Graf! nun wollt' ich, ich säße noch auf meinem Kämmerchen.

---

[168] **Achter Auftritt.**

25 Lorchen. Anheim. Mannhof.

Lorch. (Brod und Butter bringend) Da! so gut wirs haben.

Anh. (langt zu) Schön, schön! (zu Mannhof) Sie auch?

Mannh. Mir lieber, als alle Konfekturen, hab' ich so ein paar Meilen gejagt.

30 **Lorch.** (vor sich) Die Bösewichter! daß sie auch das Vergnügen schmecken, Hunger haben, und Hunger stillen können! Das sollte nicht seyn.

Mannh. Wir werden uns bald wieder fort machen müssen. (Anheim reicht ihr seine Börse, ohne daß es der Graf sieht)

Lorch. (laut) Meine Herren, ich bin keine Gastwirthin; und für dergleichen Gefälligkeit ist kein Dank der schicklichste.

Anh. Nur zum Andenken.   5

Lorch. Sie brauchens aber nöthiger wie ich und meine Muhme.

Anh. Das widerspricht Ihrer ersten Rede.

[169] **Lorch.** Nein, nein. Sie brauchens, meine Herren, zum Bestechen der Unschuld, zur Verführung unsers Ge= 10 schlechts, zur Anschwärzung des ehrlichen Manns, zur Aus= führung schändlicher Projekte, zu Gastereyen, Völlereyen, und Mummereyen —

Neunter Auftritt.

Karlchen. Lorchen. Anheim. Mannhof.   15

Karlch. (schreyend und frölich; und indem Lorchen nach dem Knaben sieht, legt Anheim den Geldbeutel unters Koffeebret) He, he! Muhme! Muhme! frey! frey! den ganzen Tag!

Lorch. Sieh doch, wer da ist.

Karlch. Den ganzen Tag frey, Muhme! Der Schul= 20 meister muß in die Stadt.

Lorch. Ein Kompliment erst gegen die Herren da! (er thut es) und die Hand geküßt.

Karlch. (küßt ihnen die Hand) Was denn noch mehr, Muhme?   25

Lorch. Geschwiegen!

Karlch. Aber Mann, lieber Mann —

Lorch. Herr Baron mußt du sagen.

[170] **Karlch.** (indem er an seine Reitgerte greift) Ist das eine Peitsche? Her mit, Herr Baron! (nimmt sie, und seine Bücher, 30 die er mit einem Riemen zusammengebunden, unter die Beine, und läuft damit knallend in der Stube herum) Die ist hübscher, wie Giergens seine.

Mannh. Wessen Knabe?

Lorch. Julianens.

Mannh. Dieser Knabe da? (umarmt ihn stark)

Karlch. O weh; o weh!

5 **Mannh.** (läßt ihn wieder los, und er läuft mit der Gerte wieder herum) Ihr Kind! (vor sich) das meinige! (hebt ihn wieder auf, und küßt ihn noch einmal)

Karlch. Muhme, laß dich doch auch küssen; der küßt so gerne.

10 **Lorch.** Sie sind ein Kinderfreund?

Mannh. So ein muntrer Springinsfeld!

Anh. (leise zum Grafen) Wirklich! er ähnlet Ihnen. Ob auch im Charakter?

Mannh. Was für ein Geschick muß mich grade in das 15 Haus bringen!

Anh. (leise zu Mannhof) Ihr gutes, [171] wenn Sie gut sind. (leise zu Lorchen) Holen Sie Ihre Muhme, ich bitte.

Lorch. Sie kommt nicht.

Anh. Sagen Sie, Baron Fallhorn verlange sie.

20 **Lorch.** Sie spricht weder Barone noch Grafen.

Anh. Er ist gerührt: käme sie jetzt, vielleicht — es könnte noch sehr gut werden für Julianen. — Nicht um unserer gelben Haare willen thun Sie's; um der braven Juliane willen, um dieses Kindes willen!

25 **Lorch.** Kann ichs doch versuchen. (im Abgehn vor sich) O! wenn ers bereuen könnte, sie vergessen zu haben, und ihr die Hand böte!

Zehnter Auftritt.

Mannhof. Anheim. Karlchen.

30 **Anh.** Kleiner, was hast du da für Bücher?

Karlch. Willst du sie sehn? (packt sie aus)

Anh. Basedows Elementarbuch — liesest du schon?

[172] **Karlch.** Schreib' auch. (weist ihm sein Schreibbuch) Der Schulmeister hat darunter gesetzt: recht gut!

Anh. (blättert im Schreibbuche noch etwas) Ey! da steht auch: schlecht! und da: ganz schlecht! 5

Karlch. Das wies ich dir auch nicht.

Anh. Was willst du denn werden?

Karlch. Jäger. Siehst du, der kann den ganzen Tag herum laufen, schießen, reiten.

Anh. Du gehst also nicht gern in die Schule? 10

Karlch. Nein; bin lieber bey Mama; da darf ich nicht immer so sitzen. Die erzählt hübsch, wie die Thiere schwatzen; vom Fuchs; vom dummen Esel.

Anh. Und der Schulmeister nicht; der giebt dir die Ruthe? 15

Karlch. Wie den Bauerkindern? — Nein; ich leids auch nicht.

Anh. Was kannst du denn machen, Aefchen?

Karlch. Wiederschlagen, schreyen, fortlaufen — Leidst du denn die Ruthe? 20

Anh. Ich bin groß.

[173] **Karlch.** Und ich werd's — Aber Herr Baron — nicht wahr, so heißt du doch? — bitte, bitte, um ein bischen Brob; mich hungert.

Mannh. Ganz trocken? 25

Karlch. So schmier mirs — Nicht so; magerer! (und so ißt ers)

Mannh. (mit Rührung giebt er ihm eine Düte Friedrichsd'or) Da, Karlchen, gieb es Mama, die wird dir viele gute Sachen dafür kaufen. 30

Karlch. Was ist es denn?

Mannh. Geld.

Karlch. Geld? (macht es auf) Nein, Geld ist es nicht;

Geld kenn' ich auch; das sieht weiß aus, und nicht roth; ich kenne dir Geld; Dreyer, Pfennig, Sechser, Zweygroschen=stück und ein groß groß Stück — Das da aber ist kein Geld; Zahlpfennige zu spielen.

5 **Anh.** Zahlpfennige sind ja viel dünner. Es ist Gold; goldnes Geld.

Karlch. Goldnes Geld? — Geld ists nicht.

Mannh. Höre, Kind! das heißt man Goldmünzen.

[174] **Karlch.** Siehst du, der weiß es: Goldmünzen!

10 **Anh.** Dafür kann man mehr kaufen, als für das andere Geld, das du kennst.

Karlch. Kann man auch damit spielen?

Mannh. Auch.

Karlch. So sinds ja Zahlpfennige. (wirft einige Stücke 15 auf die Erde, hebt sie auf, und hat seine herzliche Freude, wenn sie weit kullern)

Eilfter Auftritt.

Juliane. Lorchen. Mannhof. Anheim. Karlchen.

Jul. (tritt mit Lorchen herein; Mannhof geht ihr entgegen, 20 und Anheim steht auf) Baron Fallhorn, sagtest du?

Mannh. Ja, Madmoisell.

Jul. Gott!

Mannh. Erstaunen Sie nicht.

Jul. Sie's, Herr Graf? — Muhme, du mir das? 25 (heftig zum Grafen) Was war unsere letzte Abrede? Ihr ge=gebenes Wort? — Mich nicht wieder zu sehn — Hörten Sie etwa, daß ich hier ruhig und glücklich [175] lebe, und daß Sie mich nicht unglücklich machen können?

Mannh. Das Ungefehr brachte mich hieher.

30 **Jul.** Und um dieses Ungefehrs weich ich Ihnen aus. Denn auch ich versprach, Sie nie wieder zu sehn.

Mannh. Aber alles überführte mich, daß Sie's waren, die hier wohnt, und gleichwohl ward ich so gut aufgenommen.

Jul. Nicht um Ihretwillen; um mein selbst willen; um meiner Nachbarn willen, die nicht sagen sollten, Reisende wären von meiner Hütte abgewiesen worden. Glaubten Sie 5 aber, nichts von mir annehmen zu müssen, so hätten Sie nichts annehmen sollen.

Mannh. Allein, indem ich Ihre Güte genoß, erfuhr ich die Dürftigkeit, in der Sie leben, und die Ihr erfinderischer Stolz mir und der Welt zu verbergen wußte. Vielleicht 10 Ihnen nur desto schmerzlicher!

Jul. Graf! wenn ich ja in Dürftigkeit komme, ich ver= spreche Ihnen, eher vor jedermanns Thüre zu betteln, als vor der Ihrigen.

[176] **Mannh.** Das brauchen Sie nie: nehmen Sie nur an, 15 wozu ich mich stets verbunden hielt.

Jul. Sie selbst erinnern mich an mein Verbrechen? Hören Sie, wenn mich Krankheit, Hunger und Verachtung aus einem Winkel in den andern jagt, ich will darauf doch stolzer seyn, als wenn ich in der prächtigsten Karosse die Straßen 20 durchrasselte, und durch Sie der Neid aller eiteln Närrinnen einer Residenz wäre.

Mannh. Sie sollen auch von mir nichts annehmen; nur von der Gerechtigkeit, die Sie sich doch nicht selbst ver= sagen?   25

Jul. Die mir aber alles versagte!

Mannh. Ihnen?

Jul. Nein; die mir alles gewährte, sogar die Rettung aus Ihren Klauen!

Mannh. (leise zu Anheim) Die Unbändige! Noth und 30 Mangel bringt sie zu keiner andern Sprache. — Madmoisell, meine Geburt, mein Rang —

Jul. Nun ja doch, Räuber von Geburt und Rang!

[177] **Mannh.** Wurden Sie beraubt, so beraubten Sie sich

selbst. Warum sorgten Sie für mich, und nicht für sich? Sie konnten bey mir sammeln, so viel Sie wollten, und da Sie mich verließen, so viel fordern, als Sie wollten. Kennt' ich nicht Ihren unvergleichlichen Verstand — aber so!

5   **Jul.** Bring' ich mich selbst um Ihren hohen Schutz, um Ihre fortdauernde Gnade; verkenne die Großmuth, der Sie mich würdigen.

    Mannh. Wer leidet aber bey solchem Eigensinn am meisten?

10   **Jul.** Leiden? Und was denn leiden? Daß man mit Brod und Wasser seinen Hunger stillt; arbeitet, anstatt zu gähnen, und Narren zu unterhalten? Ach, Kleinigkeit! nein, Glückseligkeit, Glückseligkeit! wenn alles da (auf ihr Herz zeigend) ruhig ist. Daß es aber da nicht ruhig ist; daß mich 15 Vater und Mutter verstießen, als ich mich des beständigen Besitzes Ihres nichtswürdigen Herzens zu schmeicheln Wahn genug hatte; daß der Verführer meinem Unsinne selbst den Spiegel vorhält, das ist Hölle! — Abschaum [178] aller höllischen Brut, siehst Du meine Abscheulichkeit, und nicht 20 die Deinige?

    Anh. Sie vergehn sich, Madmoisell.

    Jul. Ich, ich? gegen ihn? Laßt ihn den ersten im Reiche werden, angebetet von jedermann; und ich will ihm, umgeben von allen seinen Schmeichlern, Lobern und Hof=
25 schranzen, immer zurufen: Betrüger! schändlicher Betrüger!

    Anh. Madmoisell! der alte Kronfeld, der Herr dieses Guts, ist sein Oheim.

    Jul. Was mehr? Ein rechtschafner Oheim hat einen nichtswürdigen Neffen.

30   **Anh.** Den er aber liebt; dem er sein ganzes Vermögen überläßt; den er zum Herrn dieser Herrschaft macht.

    Jul. Ihn! ihn! (zu Lorchen) Wie verfolgt mich das Geschick; der Fluch der Eltern!

    Mannh. Sie haben von mir nichts zu befürchten.

35   **Jul.** Meyn' ich das auch? Wer kann mich hier drücken?

Ist die Hütte nicht mein? Durch den sauern Schweiß meiner
Mutter erkauft? Nicht von Ihnen! — Aber Ge=[179]walt
ist um sich greifend, wie Pest — Nun so laß ich dir auch
dies, Räuber! und geh', wie ich hier stehe. Die Welt ist groß.
(geht auf das Kind zu, das mit den Goldstücken spielt, und reißt 5
es heftig mit sich fort)

Karlch. Mama, liebe Mama! bin ja stille.

Mannh. Um dieses Kindes willen wollt' ich eigentlich
mit Ihnen reden; was soll aus ihm werden?

Jul. Ein besserer Mensch, als Sie: reich oder arm, 10
niebrig oder hoch: wie Gott will.

Mannh. Ich bin sein Vater, und werd' es nie vergessen.

Jul. Sie, Sie, Vater? Ist der Gärtner, der das
Bäumchen aus dem Garten gerottet, und über den Zaun
geworfen, noch Herr vom Bäumchen?   15

Mannh. (leise zu Anheim) Mit ihrer abgeschmackten Grille.
— Kurz, Madmoisell! ich habe so viel Recht auf den Knaben,
als Sie; mehr Recht, sag' ich Ihnen.

Jul. Dem Sie längst mit Freuden entsagt.

[180] **Mannh.** Er muß anständige Erziehung haben; hier 20
auf dem Dorfe ist keine für ihn; in Pension mit ihm, oder
in ein Philantropin.

Jul. Um mit seinem Unglücke zu prahlen? Der un=
glückliche Knabe! Nein; er soll sich bey Zeiten zur Dürftig=
keit und Arbeit gewöhnen; Stolz und Uebermuth nicht kennen 25
lernen, noch vom Prunke getäuscht werden. Das andere
komme, wie es komme.

Mannh. Und das heißen Sie Mutter seyn? Opfern
lieber das Glück Ihres Kindes auf, als Ihren Groll auf
mich? O! ich werd' es mit Hülfe der Gerechtigkeit zu retten 30
wissen.

Jul. (drohend) Sie, Ehrloser! — Bin ich nicht Mutter?

Anh. Drohen macht es schlimmer! Es können Mittel
getroffen werden, ohne Sie Ihres Trostes zu berauben.

Jul. (gelaßner) Herr Graf! nur Ihre unerwartete Gegen= 35 wart brachte mich auffer Faffung, machte mich zu heftig. — Ich zwinge mich; bin schon wieder gelaffen. Nur eine Bitte!

Mannh. Jede, bis auf eine!

[181] **Jul.** Verschonen Sie mich mit Ihrem Mitleiden, mit 5 Ihrer Sorgfalt. Ich schwör' es Ihnen, niemand soll er= fahren, so wie's bisher niemand erfahren, was ich von Ihnen leide. Ich trage mein Schicksal geduldig; ich verdien' es; aber ich verdiene nicht, daß Sie mirs erleichtern. Wie gesagt, von hier will ich gehn, so ungern ich gehe, und 10 alles eher im Stiche laffen, als mein Kind.

Anh. Das sollen Sie auch nicht: gemeinschaftlich wollen wir des Kindes Wohl überlegen.

Mannh. (zu Lorchen) Auch für Julianens Gefährtin werd' ich sorgen.

15 **Lorch.** Wie gnädig! mir eine Gnade zu versprechen!

Mannh. Versprechen und halten!

Lorch. O! hurtige Versprecher sind immer Windbeutel.

Mannh. Fort, fort, Anheim! Diese närrischen Mädchen machen mich noch rasend. (mit Anheim ab)

---

20 [182] ## Zwölfter Auftritt.

Juliane. Lorchen. Karlchen.

Lorch. (nachdem sie beyde lange geschwiegen) Du zürnst auf mich!

Jul. Möcht' ich nicht! Mir zu sagen, ihn brächte 25 Reue, guter Vorsatz her; Schadenfreude bracht ihn her; Augenweide an meiner Armseligkeit.

Lorch. Sollt' es möglich sein? — Gott weiß, ich thats aus guter Absicht! Der arme Wurm! um seinetwillen solltest du, was du nicht willst. Ein so gutes Kind; so 30 viel versprechend! (Karlchen hört das, und wird aufmerksam darauf)

Jul. (winkt ihr, weil sie's bemerkt) Du wirst alles voll auf — haben, wenn du brav lernst und folgst.

Karlch. Je, Mama! mir fehlt nichts. Die Leute gaben mir gar Brod und Butter. Ich wollt's nur trocken: mit Butter schmeckts aber besser.

Lorch. Willst du noch mehr?

Karlch. Ja; ich esse immer gern.

[183] **Jul.** Was hast du denn da?

Karlch. Goldne Zahlpfennige, Goldmünzen. Der im rothen goldnen Rocke gab sie mir; ich sollte sie dir geben; aber du bist ja groß.

Jul. Weis' doch her.

Karlch. Da, da; — die auch noch — und die ganze Düte.

Jul. (zählt sie) Acht und neunzig Friedrichd'or. Gewiß hundert? — Karlchen, es fehlen ja zwei Stück.

Karlch. Warte, Mama; ich will sie suchen.

Jul. Geld will er mir aufbringen!

Lorch. Und zu seinem Gewissen sagen: ich hab' es wieder gut gemacht. Aber dem stolzen Grafen einen Quer= strich durch seine Ehrlichkeit! — Doch nein, nimm's! Wer ist nicht von deiner Unschuld überzeugt? Würd' ich sonst mit dir leben? Abgang am Gelde fühlt seines Gleichen mehr, als Abgang an Ehre. Und fühlen muß ers.

Jul. Und ich fühle nun wieder alle meine Pein; keine Herzensberuhigung; keine Erhebung mehr über die Ver= achtung der Welt. [184] Ich sollt' ihn nicht hören, ihn nicht lieben! sollte meinen Eltern gehorchen. Mein Un= gehorsam! mein Ungehorsam!

Lorch. Nicht das alte Lied, Julchen!

Jul. Ich war seit einiger Zeit so ruhig, hatte alles vergessen; aber der Himmel will nicht, daß ichs vergessen soll. Warum konnte der Graf nicht in eine andere Hütte einkehren? Warum just in unsere?

Lorch. Still mit deinem Mißmuth! Komm aufs Feld, zu unserm Flachs; er steht so schön. — Sieh! wärst du nun eine Gräfin, die heitre, gesunde Luft, den schönen Morgen, verschliessst du im goldnen Zimmer.

Karlch. Mama, he, he! da einer!

Jul. Such' auch den andern.

5 **Lorch.** (indem sie vom Tische räumt) Hier noch ein Geld=beutel. Vielleicht auch ein halb Dutzend Friedrichd'or darinn.

Jul. Nicht aufgemacht! — Lieber hundert Verwün=schungen von meinem Vater!

Lorch. Heute noch sollen die Schurken ihr Geld wieder 10 haben. Nach Mittage will ich's selbst auf das Schloß tragen; ja nur [185] durch den Wald eine kleine Meile. Du be=gleitest mich — nicht?

Jul. Wie du willst. Wär's nur schon weg! das ver=fluchte Geld!

15 **Karlch.** Sieh, Muhme! da liegt er ja, der Zahlpfennig!

Lorch. Geh' zu Mama, und bitte sie, dich mitzunehmen.

Karlch. Liebe Mama, Herzensmama! bitte, bitte, weine nicht. Wenn du mich bittest, ich folge. (umarmt sie) Liebe Mama, habe dich so lieb.

20 **Jul.** Nun ja doch, Kind!

Lorch. Also ins Freye! — Karlchen, ich mache dir heute eine frische Milch.

Karlch. Mit Semmel?

Lorch. Ja.

25 **Karlch.** Mama, frische Milch! frische Milch mit Semmel; freue dich doch, Mama!

Zweyter Aufzug.

Herrschaftlicher Lustgarten mit einem Sommerhause,
dessen Glasthüren in den Garten gehn und offen sind,
so daß man in Saal sehen kann.

Erster Auftritt.
Otto von Kronfeld. Paul.

Otto. Zum Popanz! noch nicht aufgestanden? und sind
zu mir gekommen, um den Frühling zu genießen, und von
Stadtlangweiligkeiten sich zu erholen! — Wo ist denn
das Fräulein?

Paul. Es stand am Fenster.

Otto. Und lauerte auf ihr Kammerzöfchen?

Paul. Glaubs auch. Das thut vornehmer, als das
gnädige Fräulein selbst. Zu allem, was es sieht, rümpft
es sein Näs=[187]chen; nichts ist recht; es schiert uns alle
mehr, als die ganze Herrschaft.

Otto. Scherts wieder.

Paul. Gestern noch spät Abends mußte der Reitknecht
mit dem Fuchse nach der Stadt sprengen. Rathen Sie,
warum. Um wohlriechenden Puder zu holen; der unserige
ist nur bloses feines Mehl, wie sie sagt.

Otto. Sie müssen doch übern Wirthschaftshof! — Aber
ich warte nun nicht länger hier; gehe nach der großen Laube,
auf den Lerchenhügel, will sehn, was unsere Leute machen.
Kommen sie unterdessen, so sag' ihnen, ich hätte sie erwartet,
und trag' ihnen ihr Frühstück auf, wo sie's wollen. —
Noch eins! — kömmt Mannhof und Anheim zurück, weis'
sie zu mir. (ab)

Zweyter Auftritt.
Paul. von Hochthal. (in Bauerstracht)

Hochth. Herr Paul! Herr Paul!

Paul. Wer ruft da? (sieht sich um und wird ihn endlich
gewahr) Potzstern! wo ist der hergekommen?

[188] **Hochth.** (vor sich) Gut! er kennt mich nicht — Herr Paul!

Paul. Ey! Herr Paul will erst wissen, wie Er in den Garten gekommen?

Hochth. Durch die Hinterthüre.

5 **Paul.** War die auf?

Hochth. Nein; eigentlich über die Hinterthüre.

Paul. So muß Er auch eigentlich über die Hinterthüre wieder heraus.

Hochth. (in seiner ordentlichen Sprache) Kerl!

10 **Paul.** Du Bauerklump hast wohl noch Recht übrig?

Hochth. (vor sich) Der Ton ist mir unausstehlich. Ich muß mich davon lügen.

Paul. Eigentlich über die Hinterthüre!

Hochth. Versteht Er nicht Spaß?

15 **Paul.** Meynst du?

Hochth. Die Thüre war auf, und warum sollt' ich erst um den Garten und nicht gerade durchgehn?

Paul. Bursche! Bursche! ich sehe, obs wahr ist, und ist es nicht, wehe deinem Felle! (ab)

---

20 [189]   **Dritter Auftritt.**

Elisabeth. von Hochthal.

Hochth. (allein) Das Eselsgehirn! Zwar ein großes Stück Ehrlichkeit, ist er so ehrlich als grob. — Da kömmt sie ja schon, die Treulose!

25 **Elis.** Sie doch selbst?

Hochth. Kein Wunder, daß Sie über meine Gegenwart erstaunen!

Elis. Nur über Ihre sinnreiche Maskerade! — O schöne Natur! Ein Bäuerchen in seidnen Strümpfen, mit goldnen 30 und silbernen Bändern bebrämt. O Wunder aller schönen Künste, darinn erkennt Sie kein Mensch?

Hochth. Gewiß, Fräulein! selbst der Jäger nicht; der eben wegging.

Elis. Der Jäger? Der Spitzkopf! — Aber was macht Ihr Anton? Ist er nicht ein Aeschen von einem witzigen Kopfe, so ist er ein Pavian von einem albern Menschen. Der ganze Anzug eines Operettensängers!

Hochth. Wirklich! ein artiger Empfang von Ihnen!

[190] **Elis.** Wirklich von Ihnen ein artiger Besuch! Sie fahren da mit der ganzen Equipage Ihrer Base den Berg hinauf ins Wäldchen, und verkleiden sich nach Herzenslust.

Hochth. Woher wissen Sie das?

Elis. Durch Ihr Geschenk, das Sie mir zu machen beliebt; durch dieses schöne Fernglas. Ich liege eben am Fenster, seh einen Wagen fahren, nehme das Glas, und Sie sind es mit Leib und Seele in Gesellschaft Ihres Antons. Ich hatte sogar das Vergnügen zu sehn, wie Sie über die Gartenthüre als ein Eichhörnchen krochen. — Baron! wenn das nun mein Vater und meine Mutter mit angesehn; wenn sie mich dann in meinem Zimmer vermissen, was sollen sie von mir denken?

Hochth. Ich wollte Sie incognito, und zum letztenmale sprechen.

Elis. Zu was aber Maskerade? Bin ich in Ihren Augen so klein? Hab ich ein unerlaubtes Verständniß mit Ihnen? Wollen Sie mich entführen? oder was? Wie oft ärgerte mich nicht schon Ihr Heimlichthun in der Stadt! Hielten Sie nicht stets mit Ih-[191]rem Wagen zehn Häuser von dem unserigen? bey gutem und schlechtem Wetter; und das brachte mich mit Ihnen ins Gerede.

Hochth. Sie lassen mich nicht zum Worte, Fräulein?

Elis. Sprechen Sie.

Hochth. Sind Sie nicht mit Ihrem Vater und Ihrer Mutter hieher gereiset?

Elis. Nebst Kammermädchen, Kammerbiener, Reitknecht und Kutscher.

Hochth. Iſt nicht der Graf Mannhof da?

Eliſ. Ja, mit ſeinem Freund Anheim.

Hochth. In der Abſicht, ſich mit Ihnen zu verbinden?

Eliſ. Getroffen!

5 **Hochth.** Und ſein Oheim will ihm dafür dieſe Herr=
ſchaft geben, und ihn zu ſeinem Univerſalerben einſetzen?

Eliſ. Ihre Spione ſind gut.

Hochth. Und Sie nehmen ſich nicht einmal die Mühe,
Nein zu ſagen?

10 **Eliſ.** Da brächt' ich Ihre Spione um ihr Trinkgeld.

Hochth. Fräulein! Fräulein!

Eliſ. Bäuerlein! Bäuerlein!

[192] **Hochth.** Sie ſind eine Ungetreue, eine Meineidige!

Eliſ. Und?

15 **Hochth.** Viel Glück zu Ihrem Grafen, zu ſeinem Oheim
und deſſen Herrſchaft!

Eliſ. Vielen Dank!

Hochth. Bergen will ich Ihnen aber nicht, auch in dieſer
Tracht ſchäm' ich mich, Sie gekannt zu haben.

20 **Eliſ.** Wenn ein Bauer Bauer iſt, nichts dawider! Spielt
aber ein Baron in ganz unbäuriſcher Bauertracht den Bauer,
ſo wird er zum Bauer.

Hochth. Ihre Wortſpielerey iſt wie — Ihr Herz. —
Können Sie das alles nicht leugnen, was Sie nicht leug=
25 neten, iſt es denn nicht offenbar, daß Sie den Grafen hey=
rathen? Was iſt auch ein Baron gegen einen Grafen, gegen
einen Reichsgrafen mit einer großen Herrſchaft? — Weislich
gewählt, weislich gethan, gnädiges, weiſes Fräulein! Sie
verſprachen ſich ja nur einem armen Teufel von Baron.

80 **Eliſ.** Keine Wortverdrehung, mein ironiſcher Freyherr!
Ich verſprach, Sie allen, [193] die mich begehrten, bey freyer
Wahl, vorzuziehen; ich bat Sie, bey meinen Eltern nun
auch anzuhalten. Haben Sie?

Hochth. Nein; denn ich ſagte Ihnen nicht zehnmal,

sondern hundertmal: meine Grosmutter ist eben so wunderlich,
als reich.

Elis. Darauf antwortete ich Ihnen eben so oft scherzend:
Wir wollen einen kleinen Roman spielen. Mein Vater sagte
mir aber letzthin, Romane spielen Komödiantinnen, nicht 5
Fräuleine.

Hochth. Sie, gehorsame Tochter! Ich bin auch nur ge=
kommen, Ihnen meine demüthigste Bewunderung Ihres Ge=
horsams zu Füßen zu legen.

Elis. Ist damit Ihre Galle ausgeschüttet? (er macht eine 10
tiefe Verbeugung, und will fortgehn) Zur Sache selbst!

Hochth. Zur Sache selbst? Sie wollen mich gewiß zu
Ihrer Verlobung einladen? Aus guter alter Bekanntschaft?

Elis. (gutherzig, und ohne allen Spott) Lieber Hochthal, Ihr
Zuträger, der Ihnen gesagt, es sey schon bis zur Verlobung 15
mit mir gekommen, verdient nicht einen Dreyer. [194] Vor=
geschlagen ist mir der Graf worden; zugesagt haben mich
meine Eltern, und der Graf glaubt, daß ich ihn liebe, weil
ich seinen Umgang, der wirklich artig ist, auch artig finde.

Hochth. Wäre das alles, ohne die gräslichste Wankel= 20
muth Ihres Herzens möglich?

Elis. Warum nicht, wenn das Uebergewicht der väter=
lichen, weitersehenden Vorsorge dazu kömmt? Meine Eltern
finden eine Heyrath mit dem Grafen nicht allein für mich
sehr vortheilhaft, sondern auch für sich und mein übriges Ge= 25
schwister. Sie stellen mir seit einiger Zeit so oft, so nach=
drücklich vor, gäb' ich dem Grafen die Hand, so belohnte
ich sie für alles, was sie an mir gethan, alle ihre Liebe und
Sorge. Sehn Sie, das ist die schwache Seite, bey der man
mich angreift, und meinen ganzen Willen lenken kann, wie 30
man will. Ich denke, gesetzt, er ist nicht so liebenswürdig,
wie Sie, so ist er doch ein Mann von Ehre.

Hochth. Und der, dem du dein Herz versprochen, der
dich über alles liebt, kann sich ersäufen oder erschießen, zu
was er Lust hat. 35

[195] **Elif.** Das denk ich nicht. Der, denk' ich, steht oben, weil er selbst nicht kann, wie er will, und lobt dich viel= leicht, wenn er an dich denkt. Denn wer gut ist, sieht seines Freundes Gute mit dem Vergrößerungsglase, und dreht es
5 um bey seinen Fehlern.

Hochth. Und das ist Ihr Endurtheil über mein Schicksal?

Elif. Nun nicht; Sie kommen noch zur rechten Zeit. Reden Sie sogleich mit meinem Vater; aber sogleich! sonst sind Ihre Liebesbetheuerungen Alltagsgrimassen.

---

10 ## Vierter Auftritt.

P a u l. von H o c h t h a l. E l i s a b e t h.

Paul. Ha! du, Zeisig. Du noch da? — Warte! dir soll das über die Hinterthüre angestrichen werden.

Elif. (zu Hochth.) Wirklich, mein Freund, das hat Er
15 nicht gut gemacht. — Aber, Paul, laß Er ihn diesmal laufen. Er hatte viel zu gehn, und da nimmt man immer den kürzesten Weg.

[196] **Paul.** Gnädiges Fräulein! ich gehorchte gern, aber ich darf nicht. Dies Verbot wird so oft übertreten, und
20 der gnädige Herr hats gewiß auch gesehn.

Fünfter Auftritt.

O t t o v o n K r o n f e l d. P a u l. v o n H o c h t h a l. E l i s a b e t h.

Otto. Paul! Paul!

Paul. Gnädiger Herr!

25 **Otto.** Pfeif' und Taback!

Paul. Gnädiger Herr! da ist ein Lümmel ohne Um= stände über die Hinterthüre eingestiegen.

Otto. Führ' ihn zum Schulzen, der mag ihn ein paar Tage ins Loch stecken, (leise) soll aber doch säuberlich ver=
30 fahren, und ihn laufen lassen.

Hochth. (zur Elis.) Fräulein! helfen Sie mir nicht daraus, so haben Sies angestellt.

Elis. Verdient hätten Sies — Liebster Oheim, sehn Sie sich doch um!

[197] Otto. Guten Morgen, meine liebe Nichte! — Baron 5 Hochthal! Vertrakt! Redute bei hellem Tage?

Elis. Nein, nur ein kleiner Spas mit mir.

Otto. Ja, Paul! so muß ich ihn schon selbst zum Schulzen führen.   (Paul ab)

Sechster Auftritt.   10

Otto von Kronfeld. von Hochthal. Elisabeth.

Otto. Possierlich! aber so possierlich, als es will; es bringt Sie zu uns. Willkommen! — Bleiben Sie bey uns. Meinem Bruder und seiner Frau schmeckt so das Landleben nicht recht.   An Ihnen haben sie doch Vorschmack vom 15 Stadtleben.

Hochth. Erlauben Sie nur, mich erst zu entfernen. Ich verspreche, wieder zu kommen. (ab)

Otto. Nach Ihrer Bequemlichkeit! — Wieder daraus? und übersteigen? Hier haben Sie den Schlüssel. (Hochthal ab) 20

---

[198]   ## Siebenter Auftritt.

Elisabeth. Otto von Kronfeld.

Otto. Gewiß einer Ihrer stillen Anbeter? oder einer Ihrer lauten, ernsten Anbeter?

Elis. Ja, liebster Oheim! so was von Anbeter, dem ich 25 unter gewissen Bedingungen auch Hofnung gemacht.

Otto. So?

Elis. Bester Oheim! Rechts soll ich, links möcht' ich.

Otto. Nu, nu; ich halte reinen Mund. Der Vater

soll nichts erfahren, und die Mutter verzeihts. Die Freyer, sagt sie, liefen ihr eben so nach, als Ihnen. Aber, wo bleiben sie denn?

Elif. Sie sind schon eine Viertelstunde auf.

5 **Otto.** Und Sie auch so lange?

Elif. Liebster Oheim! ich hätte Sie wecken können, so zeitig erwacht' ich. Allein mein Mädchen schlief so fest, und da sie gestern so viel zu schaffen gehabt, konnt' ichs unmöglich übers Herz bringen, sie in ihrer Ruhe zu stören.

10 [199] **Otto.** Die macht sich auch recht zu schaffen. Hat sie nicht noch gestern Abends einen Reitknecht nach der Stadt um ein bischen wohlriechenden Puder gesprengt?

Elif. Auch um Seifkugel. Bloser Diensteifer meines Mädchens.

15 **Otto.** Diensteifer um Puder und Seifkugel? Dienst=schikane, Dienstschikane, Kind!

Elif. Ich wills ihr verweisen.

Otto. So meyn' ichs nicht. Ihre und meine Leute mögen sich mit einander vertragen lernen. — Nu, endlich 20 einmal!

Achter Auftritt.

Hans von Kronfeld. Otto von Kronfeld. Maria. Elisabeth.

Mar. Guten Morgen, Herr Bruder!

25 **Otto.** Guten Morgen! daß Sie allerseits wohl geruht haben, beweiset Ihr Frühaufstehn.

Hans. Ja, Bruder! die ersten paar Tage wirds uns sehr spanisch ankommen. Ich hätte gerne drey bis vier Stündchen noch gelegen; allein der Schlingel von Kammer= 30 [200]diener hatte die beyden Fensterladen zuzumachen ver=gessen. Da schien die Sonne so kräftig hinein, daß ich, ungeachtet meiner Müdigkeit, mich aufzustehn entschloß.

Otto. Dein Kammerdiener ist diesmal ausser Schuld. Ich schlich mich heute früh in dein Schlafzimmer, und machte sie auf.

Mar. Wie? so giengen Sie auch durch meines?

Otto. Ja, und verzeihen Sie, daß ich mich so ganz 5 leise wieder zurück schlich.

Mar. Wider allen Wohlstand.

Otto. Ich wollt's meinem Bruder nicht zu Leide thun.

Mar. Herr Bruder! —

Otto. Sie aufzuwecken; denn die finstern Damengesichter 10 benebeln den heitersten Morgen.

Mar. Man hört doch gleich den alten Hagestolz.

Otto. Ich, Frau Schwester? Ich bin alter Wittwer.

Mar. Wie? Sie waren verheyrathet?

Haus. Bruder! und hast es nicht notificirt? 15

[201] **Otto.** Ich denke nicht gern daran. (gerührt) Es war ein Engel von Weibe.

Mar. Aus welchem Hause?

Otto. Das weiß Gott! Ein Negerhändler brachte sie mir. Sie war bildschön, schwarz, wie der glänzendste Rabe, 20 und schlank wie ein Rohr. Ich gab, was man forderte; aber man forderte nur wenig, um sie los zu werden. Ihr Verstand, ihr Verstand! und ihr Herz! Als Gattin noch, Bruder! entdeckt' ich alle Tage neue Reize an ihr.

Mar. Eine Negerin? Gott bewahre! Gut, daß es in 25 Amerika geschah! Hier hätten Sie Ihrer Familie viel Herze= leid gemacht. Bedenke man's nur: eine Negerin zu hey= rathen! Liessen Sie sich denn in Amerika vor einem ehr= lichen Menschen mehr sehn?

Otto. Sehr wenig; ich brauchte die Freude nicht zu 30 suchen; ich hatte sie bey mir; genoß sie aber nicht lange: sie starb mir im ersten Kindbette.

Mar. Gott Lob und Dank! Ach! wie glücklich sind Sie bey allen Ihren Ausschweifungen davon gekommen.

[202] **Otto.** Meine liebe Frau Schwester! ich heyrathete sie gesetzmäßig. In Europa ist man nur fähig, ein geliebtes Mädchen sitzen zu lassen.

Mar. Aber nicht zu wissen, von, was für Familie?

5 **Hans.** Mein Kind, du hörst es ja, von mohrischer.

Otto. Nachher erfuhr ich wohl, sie sey eines Nabobs Tochter, die man gefangen bekommen, und wie gewöhnlich, verkauft hätte. Der Sklavenhändler war auch nach der Zeit wieder bey mir. Er bot für sie Summen über Summen; 10 und ich konnte ihm nichts, als Thränen geben.

Mar. Nabob! Nabob! Ist das in Afrika nicht so viel, als König?

Hans. Ja, mein Goldschatz!

Mar. O! die arme Dame! Im ersten Kindbette zu 15 sterben! So einen schmerzhaften Todesfall für unsere ganze Familie vergaßen Sie uns zu melden? Es war ja unsere Schuldigkeit, um sie Trauer anzulegen. (fängt an zu weinen)

Otto. Könnten sie Thränen vom Tode [203] erwecken, sie wäre wieder auferstanden. Aber nichts mehr davon! 20 Sie ist nun in einer Welt, wo ihrs besser geht; obs ihr gleich bey mir auch wohl war. (Paul und zwey andre Bediente bringen Thee, Koffee und Schokolate, nebst Konfituren. Das Fräulein, welches sich weggeschlichen und Blumen gepflückt, bringt jedem einen Blumenstrauß) Auch Pfeifen und Taback? — 25 Brav! (Otto stopft sich und raucht; die andern essen und trinken, jeder nach Belieben. — Zu einem Bedienten) Der Gärtner soll die Hinterthüre aufmachen. Die Leute, wenn sie von ihrer Arbeit kommen, möchten sonst denken, sie dürften nicht durch, weil wir darinn sind.

30 **Mar.** Dem Volke kommts auch auf einen Gang an; und es ist so eckelhaft, sie in ihren groben, schmutzigen Hemden vorbeytölpeln zu sehn.

Otto. Und zu sehn, wie sie mit Freuden nach Hause zu den ihrigen eilen, wo sie bey einer schlechten Mahlzeit 35 mehr Vergnügen schmecken, als wir bey drey Gängen! Ihnen giebt Gott Hunger, damit wir nicht mit Wahrheit

fagen follen: wir find beffer, als [204] fie. (zu Hans) Denn
mit allem Refpekt vor euern ökonomifchen Schriften, Aka=
bemien und Finanzkollegien, hätte Gott dem Bauer nicht
einige Glückseligkeit ausgemacht, die ihm keine Spekulation
nehmen kann; ihr Kameraliften hättet fie fchon längft zu ⁵
blofen, gefühllofen Triebrädern unferer Üeppigkeit projektirt.

Hans. Lieber Bruder! das verftehft du nicht. Wo
hätteft du's auch gelernt? Bift auf keiner Univerfität ge=
wefen; haft keine Studia —

Otto. Aber meinen gefunden Verftand, der Widerfpruch ¹⁰
und fremde Meynungen fo gerne hört, als ihr Herren ftelzen=
förmige Komplimente und unverdienten Beyfall.

Mar. Um Gottes willen! Kinder, nur nicht wieder ge=
ftritten! Ihr waret geftern Abends ungezogen genug.

Otto. Der Herr Gemahl nicht; er gab nach, oder gieng ¹⁵
eigentlich zu Bette.

Mar. Mir gällen die Ohren noch davon. Lernt doch
Lebensart, Kinder! Hört ihr denn das bey wohlgezogenen
Leuten? Und in der [205] Schrift heißt es ja felbft: Dein
Wort fey ja oder nein; was drüber, ift vom Uebel. ²⁰

Otto. Gegen die gnädige Frauen! nach der Erklärung
aller gelehrten Ausleger.

Hans. Sieh nur, Bruder! In Europa, wo man einen
Montesquieu hat, ift es eine ausgemachte ewige Wahrheit,
daß die monarchifche Regierung die befte, die beglückendfte ²⁵
ift —

Otto. Eine ewig ausgemachte Wahrheit? Welcher Geck
wollte das ausmachen?

Hans. Du willft mich nicht ausreden laffen —

Otto. Rede! — ³⁰

Hans. Wenn das nun wahr ift? und wahr ift es —

Otto. Woher wahr?

Hans. Ja, mit deinem Unterbrechen lernft du nichts
von mir. — Das ift also wahr, unumftößlich; folglich ift

das Beste für den Unterthan, ihm Brod und Arbeit vollauf
zu geben, und alle Gelegenheit zu raisonniren zu benehmen.
Wo das eingerissen, siecht nur ein Staat.

Otto. Bruder Hans, wieder gegen täg=[206]liche Er=
5 fahrung! Welcher Staat ist blühender, mächtiger und größer,
als der englische? Und da kannegissert Schuster und
Schneider über Regierung und König, was ihm ins Maul
kommt.

Hans. Man sieht auch die schönen Früchte davon. Können
10 sie die Amerikaner, die Rebellen, zu Paaren treiben?

Otto. Rebellen! Also bin ich auch Rebelle? denn in
mir fließet wahres Amerikanerblut. Und hätte ich nur meine
Frau nicht verloren, ich wäre nicht wieder zu euch gekommen. —
Rebellen!

15 **Hans.** Ja, ja, Rebellen; undankbare Kinder gegen ihre
zärtliche Mutter.

Otto. Hol der Teufel die Mutter, die auf Kosten ihrer
Kinder sich reich und mächtig machen will.

Mar. Kinder, Mäßigung! wenigstens vor den Bauern,
20 die dort kommen. Hören sie euch, so müssen sie ja sagen,
ihr zankt und streitet, wie sie in der Schenke.

Hans. Wohl erinnert, meine liebe Gemalin! — Ein
andermal davon ein mehrers, lieber Bruder. Dir fehlts
noch an rechten Principien.

25 [207] **Otto.** Nicht ein Mehrers davon! — (vor sich) Ein=
faltshänsel!

Neunter Auftritt.

Hans. Otto. Maria. Elisabeth.

Nach und nach Bauern und Bäuerinnen mit ihren Arbeits=
30 instrumenten, die alle von dem, was sich auf dem Tische befindet,
beschenkt werden; doch giebt Maria nur den Bäuerinnen Koffee und
Milch, und ein Stückchen Zucker in den Mund zu nehmen; den
Bauern aber blos Butter und Brod, das zugleich mitgebracht worden,
und verweisets einmal ihrer Tochter, die etwas einem jungen Bauer-
35 mädchen von den Konfituren giebt.

Ein Bauer. (zu einem andern) Da schau mir einmal das vornehme Volk. Sitzt es nicht noch am Frühstück um lieben Mittag!

Der zwente Bauer. Dafür wacht's noch am Spieltische, wenn wir schon auf allen Vieren ausgestreckt liegen.   5

Otto. Guten Tag, Velten! Fleißig gewesen?

[208] **Erster Bauer.** Ein bischen, gnädiger Herr!

Otto. Was macht deine Anne?

Erster Bauer. Großen Dank für schöne Nachfrage! Sie humpelt ja ein bischen aus dem Bette; der Balbier wills 10 freylich nicht.

Otto. Bring' ihr und deinen Kindern doch was mit. (giebt ihm allerley) Auch was zu trinken?

Erster Bauer. Schönen Dank für mich! aber für meine Anna da ins Töpfchen —   15

Otto. Koffee? Schokolate?

Erster Bauer. Ja, von beyden, gnädiger Herr!

Otto. Das geht ja nicht.

Erster Bauer. Herr! sie schnabulirt was ehrliches unter einander.   20

Otto. Meinethalben! (gießt ihm beydes in sein Töpfchen)

Erster Bauer. Die wird Freude haben!

Otto. Grüße sie mir auch, und sag' ihr, ich besuchte sie gewiß noch in ihren Sechswochen.

Erster Bauer. (frölich, und ihn treuherzig auf die Achsel 25 schlagend) Mein Seel! [209] wären in Amerika lauter solche gute Herren; ich machte mich noch heute mit Frau und Kindern auf und davon, und ließ mein ganzes Gütchen im Stiche.

Otto. Da thätest du mir einen schönen Gefallen.   30

Erster Bauer. Aber die Guten sind dort wohl so selten, als hier. — Prosit die Mahlzeit! (ab)

Mar. Das Holz von Kerln setzt ja allen Respekt bey Seite.

Otto. Das macht, gnädige Frau! er kömmt das ganze Jahr in keine Assemblee. (sieht, daß alles weggegeben, da noch ein junges Bauermädchen kommt, der er ein Stückchen Geld giebt)

Zehnter Auftritt.

Paul. Hans. Otto. Maria. Elisabeth.

Paul. Gnädiger Herr! befehlen Sie; der Koch kann gleich anrichten.

Otto. So mag er! — Nicht, gnädige Frau?

Mar. Jetzt schon, Herr Bruder?

[210] **Elis.** Gnädiger Oheim! wir sind noch nicht angekleidet.

Mar. Er nimmts nicht übel, setzten wir uns auch im Nachtkleide zu Tafel.

Hans. Herr Bruder, dein Ernst wärs, sogleich zu speisen?

Mar. In seinem Dorfe ist Eßzeit für Vieh, Gesinde, Bauer und gnädigen Herrn zugleich.

Otto. Ja.

Mar. Für mich ist das aber zu bäurisch! Um zwölf Uhr; im Negligee; und Gott verzeih mir! er speiste wohl auf Holz und Zinn eben so gern, als auf Porcellan und Silber. — Sie werden noch gehobelt werden, mein Herr Amerikaner.

Otto. Wenn wollen sie denn essen?

Mar. Um drey Uhr, auf dem Berge — ich habe zwar nicht vorzuschreiben; aber des Wohlstands wegen — Im Vertrauen! Krigen Ihre Leute nur Ueberröcke, keine ordent= liche Livree?

Otto. O ja; schonen sie sie sich aber, so können sie manches Jahr das Geld dafür in ihre Tasche stecken.

[211] **Mar.** Sie zerreissen sie nicht gleich, wenn sie sie anziehen, so lange wir hier sind.

Otto. Hörst du, Paul? Daß man sich darnach richte.

Mar. Komm, Tochter! wir wollen uns ankleiden und

frisiren lassen. Herr Gemal, Sie bleiben doch nicht im
Schlafrocke?

Haus. Behüte! meine Frau Gemalin. (alle drey ab)

Paul. Der Graf und Anheim — (ab)

Eilfter Auftritt. 5

Mannhof. Anheim. Otto.

Otto. Graf! gute Verrichtung gehabt?

Mannh. Wir kamen nicht in die Stadt; verirrten uns
auf dem Fußsteige nach Losig um den Berg, und kamen in
ein klein Gehölze linker Hand des Dorfs an ein artiges 10
Häuschen, wo wir abstiegen und Koffee tranken.

Otto. Wohnen nicht zwey Frauenzimmer darinn?

Mannh. Ganz recht! die artigsten, feinsten, schönsten
Bäuerinnen, die ich je gesehn.

[212] **Otto.** Liebster Neffe! kennten Sie sie, wie ich; hätten 15
Sie sie so lange beobachtet und ausgeforscht, wie ich: Sie
würden sagen, Muster aller weiblichen Tugenden. Ihre
Schönheit ist das Geringste.

Mannh. Aber nicht das Ungenutzteste. Die eine hat
einen hübschen Jungen. 20

Otto. Den hat sie! Und was damit?

Mannh. Ich sah keinen Vater dazu.

Otto. Dessen Tod mag sie wohl beweinen.

Mannh. Sagt sie Ihnen das?

Otto. Nein, lieber Neffe. Ueber diesen Punkt krigt man 25
von beyden nichts heraus, ob ich mir gleich seit zwey Jahren
alle Mühe um ihre Freundschaft gebe. Nirgends, als auf
dem Felde, sprech ich sie, und nur zuweilen, wenn ich ihnen
zu Fuße nachschleiche. Die Juliane! die Juliane! Wer
dreiste genug wäre, ihr das wahre Geheimniß abzulocken! 30

Anh. Ist wohl gar angeführt worden?

Mannh. Angeführt? Warum angeführt?

Otto. Nicht anders, Neffe! — Hätt' [213] ich den Schurken da, der sie angeführt; ich will selbst ein Schurke seyn, wenn ich ihm nicht unter die Augen sagte: Sie sind 5 ein Erzschurke.

Mannh. Das wäre vorsetzlich Händel gesucht.

Otto. Auch recht, Neffe! Trotz meines Graukopfs, bin ich doch manchmal sehr hitzig vor der Stirne. Das Herz bricht mir aber, wenn das beste, schönste Mädchen das Opfer 10 eines Ueppigen wird. Sie ließ Schamhaftigkeit und inneres Bewußtseyn ihrer Vorzüge gewiß nicht den ersten Schritt zur Ausschweifung thun.

Mannh. Vielleicht Stolz, Eitelkeit, eine große Dame in der Welt zu werden.

15 **Otto.** Durch die Hand ihres Geliebten, was wäre da Unrechts?

Mannh. Wenn aber seine Geburt, sein Stand weit über ihr ist?

Otto. So erreicht sie ihn mit ihrer Seele!

20 **Mannh.** Der Menschen Vorurtheile sind anders.

Otto. Auf die kommts auch bey Gerechtigkeit und Wahrheit an!

[214] **Mannh.** Sonderbar, alle Welttheile durchreiset seyn, und die Menschen so wenig kennen!

25 **Otto.** Die Hefen von Menschen. Und der sie kennt, bey dem hat's selbst noch nicht so recht abgegohren.

Mannh. Sie nehmen meine Offenherzigkeit übel?

Otto. Ich, Neffe? Großer Misverstand! Ist aber Welt=kenntniß, bey jeder Handlung die gröbste Spitzbüberey des 30 Andern voraussetzen, so hab' ich keine, und mag keine haben.

Mannh. Liebster Oheim, wollen wir ganz davon ab=brechen?

Otto. Nein, Neffe! Bey unserer Freundschaft! reden Sie, was Sie denken.

Mannh. Auf Ihren Befehl! — Gerade zu — ich glaube — diese Juliane hat Anschläge auf Sie.

Otto. Ha, ha, ha! Schäker! Wirft er nicht mit seinem Einfall meine ganze Ernsthaftigkeit zu Boden. — Herr Anheim! ist er nicht ein boshafter Spötter?   5

Anh. (vor sich) Und ein unverschämter!

[215] **Mannh.** Lassen Sie mir nicht zu Schulden kommen, was ich aus Gehorsam that.

Otto. Nichts zu sagen, hätte nur Ihr Einfall Wahrscheinlichkeit.   10

Mannh. Nicht Wahrscheinlichkeit? — Sie wird von Ihren großen Schätzen gehört haben, die Sie aus Amerika mitgebracht, daß dort die Leute überhaupt sehr weichherzig, und Sie Grosmuth und Güte sind — Diese scheitern am ersten an einem schönen Gesichte.   15

Otto. Hätte sie aber bey solchem Vorsatz ihr Kind mitgebracht?

Mannh. Allerdings! Wo wär' ohne das ihr Unglück? Sollte sie blos auf dem Felde arbeiten, um den gnädigen Herrn von Kronfeld ungefehr sprechen zu können? Er könnte 20 sie ja leicht fragen: warum nicht in Diensten, als Kammerfrau, als Gesellschafterin?

Otto. Läßt sich hören, Graf!

Anh. (vor sich) Wenn man nicht sehen will.

Otto. Aber doch nicht! Ich erbot mich zu Gelde, zu 25 Diensten, zu Vertheidigung. Alles gradezu verbeten!

[216] **Mannh.** Die rechte Art zu fangen.

Otto. Mich? — Und doch, wenn sie's darauf angelegt. — Aber, guter Graf! warum das Schlimmste, das Abentheuerlichste denken, da ich das Bessere von ihr zu 30 denken, mehr Gründe habe?

Mannh. Weil Sie ihre wahre Geschichte nicht wissen.

Otto. Sie wissen sie? Erzählt; erzählt!

Anh. (vor sich) Was wird er noch lügen!

Mannh. Sie ist Baron Fallhorns — mit dem rechten Worte — Mätresse.

Otto. Nichts mehr und nichts weniger? — Gott verzeih seinen Ränken, die sie dahin gebracht! und seiner Un-
5 dankbarkeit, sie jetzt in so schlechten Umständen zu lassen.

Mannh. Wer weiß, in was für Umstände sie ihn gesetzt? Seine Gläubiger haben ihn ja greifen lassen, wie Sie letzthin hörten.

Otto. Wieder Recht!

10 **Mannh.** So trügt der Schein, mein Oheim!

Otto. Mich, meynen Sie doch? Künftig fällt mirs bey jedem unglücklichen Mädchen ein! — Die leidige Erfahrung, nicht [217] Alter, macht uns die Welt überdrüßig — Erfahrung, Anheim! vergiftet das Vergnügen am Menschen.
15 In der Ferne lauter Vollkommenheit; beym Licht besehn, Einfalt und Gleisnerey!

Anh. Herr von Kronfeld —

Mannh. (nimmt Anheim bey Seite, und leise zu ihm) Meine unschuldige Lust verrathen? Können Sie das? wollen
20 Sie das?

Anh. Aber der gute Leumund eines Dritten, eines Bekannten, eines Freundes von Ihnen!

Mannh. Fallhorn ist wirklich in Verhaft.

Otto. Was habt Ihr denn mit einander? Lacht Ihr
25 über meinen Traum?

Mannh. Nein; Anheim tadelte nur meine Entdeckung.

Otto. Ich möcht' es fast auch! Aber nein; Dank dafür! Ich hätte sie am Ende zur Heiligen gemacht; und ihre ganze Legende wäre ein Hurengeschichtchen gewesen. —
30 Lustig von mir, lustig! Meine ganze Nachbarschaft wird zu lachen krigen! Je nu! wie wollte man die Lücken zwischen Essen und Spielen füllen? — Zum Popanz! daß ich der [218] Held dieses Anekdötchen seyn werde. — Ich will mich auch anziehn gehn; meine Dummheit mit Gold und Silber
35 decken. Etwas verdeckt sich doch damit. Graf! auch so ge-

macht, wollen Sie Ihrer Braut gefallen. Lachen Sie aber immer über meine Einfalt! hübsch hinterm Rücken, nicht in meiner Gegenwart! (ab)

Zwölfter Auftritt.

Anheim.   Mannhof.   5

Anh. Schön, sinnreich!

Mannh. Liebster Freund, bester Anheim!

Anh. Das hat man von den Vornehmen, läßt man sich mit ihnen ein. Seine wahre Ehre setzt man zu, um die lumpichte Ehre zu haben, ihr Freund, ihr Gesellschafter 10 zu seyn.

Mannh. Keine Beleidigung! Ich werde alles gut machen. Jetzt konnte mir nichts, als Erdichtung heraus helfen. Wüßt' er, daß ichs wäre, er vernichtete mein Glück, muthete mir zu, sie zu heyrathen: so Sonderling ist er! 15

[219] **Anh.** Und wie wollen Sies gut machen?

Mannh. Sie, theuerster Freund, sollen die Güte haben, und gleich nach Tische zu Julianen reiten, und ihr einen Wechsel von zehn tausend Thaler bringen, mit dem ernsten Bedeuten, sich aus dieser Gegend in ein paar Tagen zu be= 20 geben. Ich will ihr überdies noch einen Jahrgehalt aus= machen. Verschmäht sie aber meine Unterstützung; verräth sie mich gar an meinen Oheim, dann will ich kein Mensch gegen sie seyn. Der Possen, den sie mir zu spielen glaubt, soll ihr das äußerste Elend werden.   25

Anh. Und die Mittelsperson dazu ich?

Mannh. Wenn Sie nicht wollen, so ists der Gerichts= halter. Verfährt der aber streng' und hart gegen sie; so mag sich Juliane bey Ihnen dafür bedanken. — Ich schreibe noch vor Tische den Brief. (ab)   30

Dreyzehnter Auftritt.

Anheim.

Ein schöner Auftrag! — Ich, ich soll ihre romantische
Begriffe mit ihren wahren [220] Umständen versetzen? Sie
5 wird mich 'verachten; natürlich! Aber lieber von ihr ver=
achtet, als ihr nicht gedient. — Wer kömmt dort? Im
Ueberrock, den Hut ins Gesicht geschlagen?

Vierzehnter Auftritt.

Hochthal. Anton. Anheim.

10 **Hochth.** Siehst du niemanden?

Ant. (sich allenthalben umsehend) Nein, nein.

Hochth. So komm weiter. Erkannt darf ich durchaus
nicht seyn. — Ging nicht dort jemand?

Ant. Herr Anheim. (welcher hinter einem Baume von ihnen
15 stehn bleibt, und zuhorcht) Sie gehn ja nur — seinem Grafen
ins Gehege.

Hochth. Wer sagt das?

Ant. Alle Leute, die Jungen auf der Straße.

Hochth. Und dem Geschwätze glaubst du?

20 **Ant.** Nein, ich seh's an Ihren Minen und Geberden —

[221] **Hochth.** Du?

Ant. Die sind mir so verständlich, wie deutsch.

Anh. (vor sich) Der belehrt einen Narrn von Herrn.
Wunder, wenn er nicht seinen Lohn dafür krigt — Stock=
25 prügel.

Hochth. Du wirst mir zu naseweis, zu spionisch —
Kannst du lesen und schreiben?

Ant. Ins Herz schäm' ich mich, könnt' ich das nicht.

Hochth. Und du hast mirs nicht gesagt, Holunke? —
30 Gleich auf der Stelle aus meinen Augen!

Anh. (tritt dazwischen) Wie freu' ich mich, Herr Baron, Sie hier zu treffen.

Hochth. Gleichfalls! gleichfalls! — Wissen Sie keinen verschwiegenen und behutsamen Kerl?

Anh. Was Sie haben, wissen Sie; aber nicht, was Sie krigen. — Sie kommen doch mit aufs Schloß?

Hochth. Nein; meine wichtigen Geschäfte erlaubens nicht.

Anh. Schade! Sie würden angenehm seyn. Das Fräulein von Kronfeld soll heute [222] oder morgen mit dem Grafen Mannhof verlobt werden.

Hochth. So erwartet man ihn wohl?

Anh. Er ist da! Ich bin ja sein Schatten. — Entschlossen! Für gute Aufnahme steh' ich. Dem Fräulein müssen Sie nur das Concept nicht verrücken.

Hochth. Mein Herr! Ich sage Ihnen, ich reise hier nur durch, und geh' durch den Garten, weil er aufstand.

Anh. Eine glückliche Reise also.   (ab)

Funfzehnter Auftritt.

Anton. Hochthal.

Ant. (die Hände vor Verwunderung zusammenschlagend) Wo denkt mein Herr hin?

Hochth. Will der Schlingel wissen?

Ant. Nein, gnädiger Herr. Sie sagten aber, Herr von Kronfeld hätte Sie selbst auf sein Schloß geladen.

Hochth. O! lauf ihm nach, und steck's ihm — Kann man vor dem Schurken ein Wort reden?

Ant. Er sieht Sie ja bey Tafel.

[223] **Hochth.** Raisonnirst du noch? Ich habe meine Ursache, warum ers nicht wissen soll. Willst du sie nicht etwa auch wissen?

Ant. Mein Seel nicht.

Hochth. So komm. Dasmal sey dirs noch geschenkt.

Ant. Auf das Schloß?

Hochth. (nimmt ihn beym Halse, und stößt ihn sehr heftig an einen Baum) Und nicht mehr unter meine Augen!

Sechszehnter Auftritt.

Anton.

Lieber Gott! gieb mir so viel Dummheit, daß ich mich mit Ehren durch die Welt fressen kann.

Dritter Aufzug.

In der Tiefe des Theaters eine Gegend mit einem von vorne her ganz steilen Berge, an dessen Fuße eine Landstraße geht. Auf [224] dem Berge ein Gehölze mit einem Lusthause. Unten am Berge Bäume und Sträucher.

Erster Auftritt.

Nippert. Quendel.

Quend. Hätt' ich in meiner Jugend Gutes gethan, dürfte mich jetzt nicht so quälen.

Nipp. Was quälen, wird man gut dafür bezahlt? Viele Gestudirte kommen nicht so weit, wie wir. Hm! wir haben mehr, wie die Räthe selbst. Wir sind auch so nothwendig, wie sie. Laß sie schreiben, erkennen und Recht sprechen; ohne Citation, Execution und Arrest ist die Gerechtigkeit eine zinnerne Uhr; sie scheint zu gehen, und geht nicht. Drum werden wir auch im Kirchengebete mit unter der Obrigkeit gemeynt. Herr Kollege, überleg's nur recht, wir sind an Gottes und Königs Statt.

Quend. Stand ich Schildwache, war ich auch an Königs Statt: aber eine halbe Stunde genickt, und die Patrouille

überrum=[**225**]pelte mich; wie durchwichſete man den König=
vorſteller ohne alle Gnade.

Ripp. Wie dumm geredt! Nicht der Königvorſteller,
ſondern der Schlingel, der ſeine Schuldigkeit unterließ, wurde
gewichſet.   5

Quend. Alſo bin ich ein Schlingel?

Ripp. Nicht doch! du litteſt deine Strafe; thateſt es
nicht mehr, und das macht alles wieder gut. Wäreſt du
denn ſonſt Unterofficier geworden?

Quend. Wär' ichs doch noch!   10

Ripp. Warum haſt du denn dir die Beine nach deinem
Dienſte faſt abgelaufen? Alles dazu aufgeboten? He?
deinen Hauptmann, den Obriſten, den General? und den
König ſelbſt? Windbeutel, wärſt es warlich ſonſt nicht ge=
worden. Denn du lieſeſt herzlich ſchlecht, und ſchreibeſt noch 15
ſchlechter.

Quend. Ich habe aber dem König braver gedient, als
hundert, die vortrefflich leſen und ſchreiben. Vor Alters
konnte kein Menſch leſen und ſchreiben; und die Landreiter
auch nicht! Warum bleibts nicht beym Alten?   20

[**226**] **Ripp.** Und was man nicht kann, lernt man. Nur
ein dummer Teufel iſt zum Lernen zu alt.

Quend. Ganz recht, Herr Kollege! Und alſo hol's der
Teufel! verdien' ich den Dienſt von Gottes und Rechts
wegen. Aber, wo blieb Kneiper? das Vieh!   25

Ripp. Er gieng da den Berg herauf, nach Branden
ſich umzuſehn, der zum Herrn von Kronfeld heute gehen
wollen.

Quend. Wär' er doch auf dieſer Seite herauf geklettert,
ſo hätt' er gewiß den Hals gebrochen. Brand iſt ein armer 30
und rechtſchafner Mann; ich kenn' ihn; ich lag in dem nem=
lichen Hauſe, wo er wohnte. Er iſt aus dem Reiche, mein
Landsmann und in guten Umſtänden geweſen. Hätte da
bleiben ſollen, hab's ihm hundertmal geſagt.

Ripp. Der arme Mann!   35

Quend. Und wider solche Leute muß man sich brauchen lassen.

Nipp. Können wir dafür? Wir thun unsere Pflicht. [227] **Quend.** Diese Pflicht steht mir eben nicht an. — 5 Glaub mir, Herr Kollege! die Bürgergerechtigkeit taugt den Teufel. Ihn auf Zeitlebens einzusperren!

Nipp. Nur so lange, bis er bezahlt hat!

Quend. Wie kann er denn, wenn man ihn vollends einsperrt? Da lob' ich mir die Soldatengerechtigkeit. „Den 10 Buckel vollgeschmiert, die Schuld ist abgeführt."

Nipp. Eine solche Strafe könnte der alte Mann gar nicht aushalten.

Quend. Je! es treffen so wenig alle Ruthen, als alle Kugeln. — Es ist ja recht unsinnig, mit dem bezahlen zu 15 sollen, was man nicht hat, was man nicht krigen kann.

Zweyter Auftritt.
Kneiper. Quendel. Nippert.

Kneip. (ausser Athem) Dort kommt er, der Brand! — Kinder, hurtig versteckt, versteckt! — da hinter diesen Strauch.

20 **Quend.** Was, verstecken? Grade auf ihn zu.

[228] **Kneip.** Nein, Kinder! euch spüren die Schuldleute gleich von weitem.

Nipp. Ganz Recht! — Komm nur, Herr Kollege!

Quend. Aber wir sind beordert, in Verhaft zu nehmen, 25 nicht aufzulauern.

Kneip. Geht aber ohne das letztere nicht.

Quend. Herr, nicht g'hofmeistert! Unsere Schuldigkeit wissen wir.

Nipp. Lieber Kollege! wir müssen alles anwenden, da= 30 mit er nicht entwischt, sonst gehts über unsere Haut.

Dritter Auftritt.

Brand. Ehrenfried. Kneiper. Quendel. Nippert.

Ehrenfr. Vater, Vater, gewiß wieder ein Fleischergang! Herr von Kronfeld mag ein reicher, wohlthätiger Mann seyn; kennt uns aber nicht. 5

Brand. Doch sein Bruder, der Geheime Rath, der jetzt bey ihm ist. Es kann alles noch gut werden.

[229] **Ehrenfr.** Ich habe keine Hofnung.

Brand. Ich, ich aber! denn Gott sieht alles.

Kneip. (zu Quendel und Nippert) Da sind sie! — Er 10 dahin; ich dorthin; und Er grade auf sie zu.

Quend. Aber, Herr Kneiper! was hilfts, ihn setzen zu lassen?

Kneip. Wenn der Sohn arbeiten will, und seinen Vater lieb hat, und der Vater im Gefängnisse nicht müßig seyn 15 will, so werd' ich mich schon billig finden lassen. Wir Christen müssen gegen unsern Nächsten nicht unbarmherzig seyn, das weiß ich. Aber bis nicht alles bey Heller und Pfennig bezahlt ist, ehe kömmt er nicht los.

Quend. Guter Freund, ist Er George Brand? (auf 20 Branden zugehend)

Brand. Leider!

Nipp. Ich habe einen Verhaftsbefehl des Inhalts: Bezahlung oder Arrest!

Brand. O! Gott, ich bat ja nur bis morgen zu warten. 25

Nipp. Auf Herrn Kneipers Güte kömmt alles an. Geb' Er ihm recht gute Worte; [230] und junger Freund, um Seines Vaters willen, Er mit. Ist der aber Stahl und Eisen; so muß ichs auch.

Brand. Herr Kneiper, Erbarmen! Geduld! Nur kurze 30 Frist! — Meine Haft hilft Ihnen nichts, und schadet mir. Bin ich auf freyem Fuße, so können Sie von mir und meinem Sohne bezahlt werden, und sollen auch.

Ehrenfr. Auf meinen Knien! Mitleid mit meinem

Vater! Ich nehme es für meine Schuld an. Nur kein Ge=
fängniß!

Nipp. Herr Kneiper, nur bis morgen, und des Sohns
Verbürgung!

5 **Kneip.** Bis morgen? Das könnt' ich wohl.

Quend. Topp! — Also, Herr Kollege, marsch ab!

Kneip. Halt, ihr Herren! — Wenn er mich nicht heute
bezahlen kann, wie denn morgen?

Brand. Ich habe einen alten Freund —

10 **Kneip.** Einen Freund in der Geldnoth? — Hm! hm!
Einen Rathgeber. Und Rath braucht Er nicht, dazu ist er
zu gescheit.

[231] **Quend.** Woher sollt' er auch bessere Menschen kennen,
als sich!

15 **Kneip.** Und wer ist denn der Freund?

Brand. Der geheime Rath von Kronfeld.

Kneip. Der, zu dessen Erlösung sein Bruder aus
Amerika noch mit Thorschluß kam?

Brand. Er soll bey seinem Bruder auch nur für mich
20 sprechen, weil er mich kennt.

Kneip. Schon Recht! Spricht ein Bettler für einen
Bettler, so freuen sich zwar die Engel im Himmel; aber
kluge Leute schütteln die Köpfe.

Brand. Er hat so viel Gutes gethan; so vielen armen
25 Familien aus der Noth geholfen. Und ich und mein Sohn
können alles mit der Zeit bezahlen.

Quend. Mein Treu! Herr Brand, auf so eine Art
wirds Ihm nicht fehlen. Lassen Sie's ihn versuchen, Herr
Kneiper.

30 **Kneip.** Von Herzen gern; wollt ihr Herren ihn be=
gleiten und mir für alles stehn, für Person und Bezahlung?

[232] **Quend.** In Ihrem Gehirne wirbelts.

Kneip. Freylich, ließ ich dem Vogel im Kefigte selbst

die Thüre auf — Fort mit ihm! fort! Auf den Kopf bin ich nicht gefallen.

Ehrenfr. Noch einen Vorſchlag, Herr Kneiper! Alle Vierteljahre funfzig Thaler — So bald wir das nicht pünktlich abtragen, mich ohn' alle Umſtände eingeſperrt! Das Kapital verzinſen wir ſo hoch, als Sie nur wollen. 5

Kneip. Auch das! damit Er ſieht, daß ich Mitleiden habe. Aber Bürgſchaft, hinlängliche Bürgſchaft, gerichtliche und ganz ſichere Bürgſchaft!

Ehrenfr. Könnten wir dieſe ſchaffen, wir hättens nicht 10 ſo weit kommen laſſen.

Kneip. Ich glaube, Er foppt mich noch oben drein.

Ehrenfr. Ich Sie? Jetzt, da wir in Ihrer Gewalt ſind?

Kneip. Nun, ſo iſt Sein Wille eine ganz gute Haut; aber Sein Beutel iſt voller Wind; und die reellen Leute 15 ſind der Wind=[233]beutel abgeſagte Feinde. Alſo fort mit beyden!

Quend. Der Sohn iſt zu keiner Haft verurtheilt. — Guter Freund, ohne Sorgen!

Kneip. Mit dem Alten alſo fort! 20

Brand. Keine Billigkeit? Keine Erbarmung? — So iſt ſie bey Gott! Sohn, nicht mehr bitten und betteln! Ich laſſe mich hinführen; ſorge du indeſſen für dein Ge= ſchwiſter — Weine nicht! Man bringt mich ja nur aus der Welt, und ich bin ihrer ſatt. 25

Ehrenfr. So kann dir dein Sohn nicht helfen, mein Vater?

Kneip. Was ſoll das Leyern und Zaudern? Fort mit ihm!

Quend. Herr, wo ſteht denn geſchrieben, daß ein Vater 30 von ſeinem Sohne nicht Abſchied nehmen darf?

Kneip. (zieht ein Pappier heraus) Da — „und iſt er ſo= gleich zum Verhaft zu bringen.“ — Sogleich, verſteht Er das?

[234] **Quend.** (vor ſich) Du Unthier!

Ehrenfr. Herr Kneiper, nur die einzige Barmherzigkeit! Nicht meinen Vater, mich ins Gefängniß!

Kneip. Junger Bursche! du hast gute Worte, aber schlechte Münze; schaffe dir gute Münze und schlechte Worte, 5 und ich nehme den Hut tief vor dir ab.

Ehrenfr. Nun so lernen Sie, meine Herren, den Mann dann erst kennen. Mein Vater borgte es nicht von ihm, sondern von einem alten Seifensieder, der ihn nie drückte. Dieser verstarb vergangenen Winter, und sein Sohn, der 10 alles zu Gelde machte, verkaufte diese Schuld an ihn.

Quend. Pfui!

Ehrenfr. Er kommt damit zu meinem Vater, verspricht eben so Geduld zu haben, als der alte Seifensieder. Nach einigen Tagen wird mein Vater vorgeladen, ein Gut eben 15 dieses verstorbnen Seifensieders zu taxiren. Herr Kneiper meynte, es wäre nicht viel werth; mein Vater aber fand: es war sehr viel werth, und taxirte nach Gewissen; [235] er mußt' es ja beschwören. Darüber wurde er böse, und klagte diese Schuld ein.

20 **Kneip.** Nun die guten Worte nichts helfen, legt er sich auf Verläumden. — An Ihm ist keine Barmherzigkeit an= gewandt. — Weg mit dem Alten! Der Baum hat keine gute Früchte getragen.

Quend. Ist denn aber das wahr?

25 **Kneip.** Brauch' ich Ihm Rechenschaft zu geben? Kein größerer Bravirer in der Welt, als ein abgedankter Soldat in Bürgertracht.

Ripp. Schon gut! Wenn wir müssen, so wollen wir auch — Komm Er, unglücklicher Alter. — Ach! man über= 30 leg' es doch hundertmal, ehe man einen Wechsel schreibt! (führt ihn mit Kneipern ab)

Vierter Auftritt.

Quendel. Ehrenfried.

Ehrenfr. Wüßten Sie, was für ein Vater! wie er seine Kinder liebt! Ihnen [236] Freude machen, ist seine einzige Freude. Und sein ältester Sohn muß ihn von Gläubigern ins Gefängniß schleppen sehn.

Quend. Er muß eben nicht.

Ehrenfr. Was könnt' ich denn dagegen?

Quend. Viel! viel! wenn Er will. Fürs erste kann Er seinen unbarmherzigen Gläubiger bessern, menschlicher machen.

Ehrenfr. Ich? ich?

Quend. Ja, sieht Er — ich sage nicht, daß Ers thun soll, ich sage nur, daß Ers kann. — Prügl' Er ihm das Fell durch. Wuchre Er mit Seinem Pfunde, wie der Schurke. Lehr' Er ihn, daß man mit Geld nicht allen wohlverdienten Prügelsuppen entgeht. Der Geizhals ist Sein Feind; aber doch Sein Nächster, und seinen Nächsten muß man bessern. Und in Seinen jungen Fäusten steckt Besserung.

Ehrenfr. Ach! die Besserung durch Prügel ist nicht weit her.

Quend. Schon recht! aber doch besser, als gar keine. Es kostet nicht gleich den Hals. Eine Abbitte! Und was ist eine Abbitte? [237] Eine Erklärung, daß man einen Schurken geprügelt, den die Bürgergerechtigkeit prügeln sollen. Man bittet also nur der Gerechtigkeit ab, daß man ihr ins Handwerk gegriffen.

Ehrenfr. Man sitzt aber auch dafür im Gefängnisse.

Quend. Sein Stübchen und ein Gefängniß ist sich so ähnlich, wie eine Jungfer einer Mamsell. Die Jungfer kann ohne Widerrede eine Mamsell bedeuten, und Sein Dachstübchen ein Gefängniß. Nur der Name, weiter kein Unterschied! In beyden hat Er Wasser und Brod.

Fünfter Auftritt.

Juliane. Lorchen. Quendel. Ehrenfried.

Lorch. (mit Julianen kommend) Laſſen dem alten Mann nicht einmal Zeit, ſein Elend zu klagen.

5 **Jul.** Sein Blick ging mir durchs Herz.

Lorch. Und der eine meynte gar, man mache nur Auf=lauf, um ihn der Gewalt der [238] Gerechtigkeit zu ent=reiſſen. Vielleicht wiſſen die dort mehr! Frag ſie.

Jul. Guten Tag! — Kennen Sie den Alten, den zwey 10 die Straße da fortführten?

Ehrenfr. Ja; ich bin ſein unwürdiger Sohn.

Jul. Und weshalb führt man ihn ins Gefängniß?

Ehrenfr. Einer Schuld halber.

Quend. Wer dieſe für ihn bezahlen könnte; gewiß! 15 wär' er auch der größte Sünder, er bekäme den erſten Sitz im Himmel.

Ehrenfr. Ich wollte Zeitlebens dafür arbeiten.

Jul. Iſt es denn ſo viel?

Ehrenfr. Ach! nur gar zu viel.

20 **Jul.** Wie viel?

Quend. (vor ſich) Weiberneugierde! Man kanns ihr aber ja wohl ſagen — Sehn Sie, Mamſell, es ſind drey hundert Thaler in Gold.

Jul. Nichts mehr?

25 [239] **Ehrenfr.** Advokaten= und Gerichtsgebühren, nebſt andern Koſten, machen auch zwanzig Thaler und etliche Groſchen.

Quend. Für das ſey Er ohne Sorge. Die Advokaten kenn' ich: es ſind brave Leute; ſie werden ihm Auslage 30 und Arbeit ſchenken. Für mein Theil will ich auch nichts. — Sie können mir glauben, Mamſell, es ſind arme und recht=ſchaffne Leute; zu viel Ehrlichkeit brachte ſie ſo herunter.

Jul. (nimmt aus der im erſten Akt erhaltenen Düte) Da, Freund! das wären drey hundert Thaler.

Quend. Welcher Engel vom Himmel!

Ehrenfr. Gott! (ohne zu danken, läuft er mit der heitersten
Miene fort)

Quend. Der vergißts vor Freuden.

Jul. Wahrer Dank!   5

Quend. Euer Gnaden! Ihre Kleidung sagte mir ganz
etwas Alltägliches, und Ihre Handlung —

Jul. Etwas Uebereiltes?

Quend. Bewahre Gott! Daß diese Leute Euer Gnaden
Hülfe bedürftig waren, [240] sahn Sie; daß sie ihrer auch 10
würdig sind, kann ich bezeugen. Ich bin ein Landreiter,
wie Sie sehn; ich kenne diese Leute, Euer Gnaden!

Jul. Dieser Tittel gebührt mir nicht. Daß es aber gut
angewandt ist, freut mich.

Quend. Haben Sie Landgüter? Der Alte, den Sie be= 15
freyen, ist ein ausgelernter Landwirth, und sein Sohn, dem
Sie das Geld gaben, auch kein dummer Teufel. Seine
beyden andern Kinder sind freylich noch nicht groß genug,
können Ihnen aber doch mit der Zeit nützlich seyn. Sie
werden den Dank nicht vergessen. Ich muß ihnen nach. — 20
Geb' Ihnen doch Gott zu jeder Stunde so viel Freude, als
diesen Leuten nun durch Sie geworden!

Sechster Auftritt.

Juliane. Lorchen.

Lorch. Juliane! Juliane! Deines Verführers Geld! 25

Jul. Es war mir nicht anders, als führten sie meinen
Vater hin!

[241] **Lorch.** Schwärmerin! Dein Vater wohnt im Reiche,
brauchte nie zu borgen; ist ein wohlhabender Mann; freylich
nicht für dich mehr! — Du weinst? Weine nicht! Du 30
kannst's doch ersetzen. Schreib' an deinen Vater; klag' ihm
dein Elend. Freylich, was du jetzt thatest, das hielt' er für

Kunstgriff. Aber schreibst du ihm, du hättest ein Kind; sein menschliches Herz, ist's auch nicht mehr sein Vaterherz, hilft dir mit so viel aus, als du weggeschenkt.

Jul. Zu seinen Füßen wollt' ich mich werfen, stieß er
5 mich auch von sich. Aber ihm seinen Schweis und sein Blut abfordern, mein Geschwister darum bringen —

Lorch. Wie willst du's denn anders machen?

Jul. O! wer mir doch mein kindisches Herz ausrisse!

Lorch. Nicht gleich verzagt! Vielleicht leiht dir Herr
10 von Kronfeld auf dein Gütchen. Freylich, bei gewissen Leuten borgen, heißt alle Achtung bey ihnen verlieren wollen. Und ich wette, er ist von dieser Art. Er ging als lüderlich aus Europa, und seine Fami=[242]lie betrübte sich eben nicht darüber zu Tode. Er kam mit Reichthümern zurück, und
15 sie empfing ihn wie einen Gott. Muß der nicht auf seinen Reichthum stolz seyn?

Jul. Liebe! man hört vielerley. Und warum vergißt du das Gute, das man von ihm sagt?

Lorch. Weil man einem Reichen das Gute, welches er
20 wirklich thut, nur halb anrechnen kann; denn Narren und Schmeichler rechnen's ihm zehnfach an.

Siebenter Auftritt.

Otto von Kronfeld. Juliane. Lorchen.

Otto. Liebe Brand! sahe Sie auch den alten Mann
25 wegführen? Erst kamen sie nicht aus der Stelle mit ihm, bis ein junger Mensch dazu eilte, und dann gings, als würden sie gejagt. Ich sah's mit meiner Gesellschaft vom Berge mit an. — Wo wollen Sie denn hin, meine lieben Kinder?

30 **Jul.** Ihnen unsere Aufwartung zu machen.

Otto. Mir, mir? Eine Seltenheit, [243] um die ich mich so sehr bewarb, und die mir nie ward.

Jul. Graf Mannhof mit seinem Gesellschafter beliebte

heute in meiner Hütte einzukehren. Meinem Kinde ließ er beym Weggehn eine Düte mit hundert Friedrichd'or, und eine Börse, die wir gar nicht eröfnet haben.

Otto. Mannhof? Graf Mannhof?

Jul. Und ich wollte Sie ersuchen, es ihm wiederzugeben. 5

Otto. (vor sich) Graf, du bist ein edler Mann. · Das Elend, das sie zu verdecken wissen, rührte dich. Verlange nun von mir alles, mein ganzes Vermögen. Du bist es werth. — O Madmoisell! es ist ein Opfer, das er Ihrer Tugend, nicht Ihrer Schwachheit bringt. 10

Lorch. Eine ganz neue Art mit uns zu reden; eine Seltenheit, um die wir uns nie bewarben.

Otto. Werdet nicht unwillig. Und Sie, Juliane! schämen Sie sich nicht, anzunehmen. Gefälligkeiten annehmen und erwiedern, ist das Band der Geselligkeit; [244] und 15 wenn alle Vergnügungen der Erde schaal und eckel geworden, so bleibt uns dieser Genuß. Ohne ihn ist das menschliche Leben eine abgeschmackte Redute, wo man Masken sieht, und keinen Menschen kennt.

Jul. Bey Gott! Herr von Kronfeld, ich kann's nicht 20 annehmen.

Otto. Nicht? warum nicht? Haben Sie kein Zutrauen zu mir: sagen Sie mir den Mann, zu dem Sie's haben. Es soll Ihr Schade nicht seyn.

Jul. Erlauben Sie mir, mein Herr, ein unverbrüchliches 25 Stillschweigen.

Otto. Meine liebe Brand! wenn ich Ihre Geschichte schon wüßte?

Jul. Meine Geschichte! — O Schande über mir! Wär' ich doch tief unter der Erde! 30

Otto. Mein Gott? wer verirrt sich nicht einmal!

Lorch. Von wem wissen Sie's denn?

Otto. Vom Grafen Mannhof. (nimmt Lorchen bey Seite) Er kennt ihren Ungetreuen. Daß der euch, Leutchen, ganz

vergeſſen, mag wohl mehr ſein Mangel, als ſein unredliches
Herz Schuld haben. Als [245] man mir ihre Geſchichte nur
ſo obenhin erzählte, war ich ſehr ärgerlich, auf mich, auf
alles! Aber das Gute, welches mir Anheim hinten drein
⁵ von ihr erzählte, gab ihr meine ganze Hochachtung wieder.

Lorch. Und das iſt Ihnen ſo wahr, wie die Bibel?

Otto. Sollte mirs nicht?

Lorch. Es ſcheint Ihnen gar nicht anders möglich, als
dieſe Böſewichter geſagt?

¹⁰ **Otto.** Böſewichter? Meine Freunde!

Lorch. Erzböſewichter!

Otto. Wie ſoll ich das nehmen?

Lorch. Wie? — Der Wahrheitliebendſte iſt ſtets der
Belogenſte.

¹⁵ **Otto.** Einfall!

Lorch. Ich bin freylich eine naſeweiſe Närrin; ein
Ding, von dem man nicht weiß, woher es gekommen, noch
wohin es will. Was bedeut' ich gegen einen freyen Reichs=
grafen und einen Gelehrten, der allzeit im Naſſen geht,
²⁰ wenn er im Trocknen gehn kann, um nur nicht mit dem
Pöbel zu gehn? O! Ihre ganz unterthänige Dienerin!
(will mit Julianen fort)

[246] **Otto.** Weiber! Mein Mund iſt mein Herz, und mein
Herz mein Mund, und Ihr könnt gegen mich verſtummen?
²⁵ Heraus mit der Wahrheit!

Lorch. Mit der wächſernen Naſe, die man Ihnen ge=
dreht?

Otto. Mir? mir?

Lorch. Ihnen, Ihnen! Graf Mannhof und ſein Speichel=
³⁰ lecker Anheim ſind ein paar abgeſchmackte Schurken; offen=
bare Holunken, ohne Herz und Empfindung; Schächer, die
die ganze Welt um ihrer Lüſte willen erſchaffen glauben;
kurz, Ihr Augapfel, Graf Mannhof iſt der Verführer meiner
Muhme.

Otto. Unwahrheit! Lüge! Verläumbung! — O Julchen! retten Sie die Ehre eines Manns, der mit einem Geschenke Ihnen seine Achtung und sein Mitleiden bezeugen wollte.

Lorch. Nun, wahrhaftig! wo ist der Schelm, der nicht wahrscheinlich ein ehrlicher Mann seyn kann? 5

Otto. Julchen, sprechen Sie doch!

Jul. Nur zu wahr, was sie sagt.

[247] **Otto.** Wahr? Warum sollte mir aber der Graf von freyen Stücken einen andern nennen? Warum einen, der so schon an seinem guten Namen gelitten; vielleicht un= 10 schuldig ist, wüßte man seine Umstände genau? Das Pferd tritt auf einen Gestürzten nicht. Pfui! das ist zu häßlich, zu unglaublich von ihm! Und ist es wahr, mir zwey Freunde hin! — Ist es aber wahr, theure Juliane? denn Sie, Lorchen, finden Ihre Freude an meiner Demüthigung. 15

Jul. Herr von Kronfeld! mein fester Vorsatz, keiner Seele mein Schicksal zu klagen —

Otto. Ist Menschenhaß, gezeugt von vereiteltem großen Vertrauen auf Menschen.

Jul. Nein; Ueberlegung, die mich Thränen genug ge= 20 kostet. — Der größte Theil meines Unglücks gebührt meiner Eitelkeit; das, was mich aber vertheidigen kann, ist mit so viel kleinen Umständen verwebt, die ich nicht so anzugeben weiß, als sie zur Zeit meines Unglücks Einfluß hatten. Ich suchte also diesen Winkel, um aller Rechtfertigung überhoben 25 zu seyn. Und da läßt man mich [248] nicht einmal unge= kränkt. — Nun, so wissen Sie denn, ich bin die Tochter eines Pachters aus dem Reiche. Meiner Mutter Schwester, eine berühmte Putzhändlerin zu Berlin, nahm mich zu sich. Ich erlernte die französische Sprache, welche dort zum noth= 30 wendigsten Stücke der guten Erziehung eines Mädchen ge= rechnet wird. Meine Muhme machte mir die schmeichel= haftesten Hofnungen, und brachte mich in die besten Häuser. Die Mutter des Grafen Mannhofs, bey der sie sehr gut stand, gewann mich vor allen lieb, und wenn sie übellaunisch 35 war, mußt' ich ihr Gesellschaft leisten, weil ich, nach ihrer

Meynung, gut französisch sprach, und sie gern keine andere
Sprache redete.

Otto. Wer? Die Mutter des Grafen? die sprach es
so abscheulich —

5 **Jul.** Doch sehr fertig.

Otto. So fertig, daß ihr ein Franzose, den ich ihr ein=
mal vorstellen mußte, kaum das zehnte Wort verstund. Doch
das ist eine ziemlich lange Zeit her, und sie kanns unter=
dessen besser gelernt haben. — Aber weiter!

10 [249] **Jul.** Da trug mir der Graf seine Liebe an, und ver=
sprach mir in Gegenwart meiner Muhme die Ehe.

Otto. Die Ehe? — Nichtswürdiger! — Können Sies
ihm beweisen?

Jul. Nur mit einem Briefe, worinn er sich aber nicht
15 zum deutlichsten erklärt.

Otto. Den will ich ihm unter die Nase rücken. Sie
müssen mir ihn geben, wenn Sie mich für einen Mann
halten, der die betrogene Unschuld ehrt.

Jul. Ach, mein Herr! alles vergebens. Da ich ihn
20 liebte, da ich so eitel gewiß war, daß er keine andere lieben
könne, so wie ich ihn: o! so wars ihm leicht, von mir alles
zu erlangen.

Otto. Wie verhaßt machen Sie mir diesen Mannhof.

Jul. Und als ich durchaus auf der Heyrath bestand,
25 nahm er die Maske ab, schrieb mir einen Brief, worinn ich
mein ganzes Unglück las, und ich sah' ihn nicht mehr wieder,
als heute.

Otto. Hatten Sie denn keine Freunde, [250] keine An=
verwandten, keine Eltern, die sich Ihrer annahmen?

30 **Jul.** Mein Vater wollte nichts mehr von mir wissen,
weil ich einen Kaufmann ausgeschlagen. Meine Freunde
und Bekandte zuckten die Achseln.

Otto. Nahmen Sie keinen Advokaten an?

Jul. Vom größten bis zum kleinsten sagten sie mir, auf dem Wege Rechtens erhielt ich nichts, als Geld, wär' auch alles so, wie ich gesagt.

Otto. Und Anheim ist sein Führer, sein Rather?

Lorch. Zweifeln Sie daran? Der ist ein so gesetzter, verständiger, in die Umstände sich fügender, kaltblütiger Tugendmäkler, daß er noch einen Religionsverein zwischen Laster und Tugend stiftet, und von allen Schafsköpfen Anbetung erschleicht. Er kam zu meiner Muhme, so kriechend, so theilnehmend an ihrem Unfalle, bat, beschwor, sie sollte so viel fordern, als sie wollte: und als er die Geschenke wiederbrachte, die sie dem Grafen zurückgeschickt, und die sie dem ungeachtet nicht annahm, stieg seine Bewunderung über [251] meiner Muhme Uneigennützigkeit dergestalt, daß ich immer vermuthete, er würde gar gestehn, er sey von ihrer Tugend gefesselt. Denn hätte sie auch zwanzig tausend Thaler gefordert, durch seine menschliche Vermittelung hätte sies erhalten.

Otto. Verhält's sich so — verzeihen Sie, daß ich noch zweifle, — verhält's sich so, wie Sie sagen, er soll Ihnen Genugthuung schaffen, oder — Geben Sie mir das Geld, Juliane: ich wills ihm selbst einhändigen.

Jul. Ach, mein Herr! ich vergriff mich eben daran, als ich es zu Ihnen bringen wollte. Erzeigen Sie mir aber die Wohlthat, und strecken mir auf mein Gütchen sechzig Friedrichd'ore vor.

Otto. (vor sich) Warum von mir borgen, und vom Grafen nichts geschenkt annehmen?

Lorch. Sich, wie ihn sechzig Friedrichd'ore nachdenken machen!

Jul. Im Fall einer abschläglichen Antwort, bitte ich: heben Sie mir dies Geld wenigstens auf, bis ich die fehlende Summe [252] dazu bringe, und stellen es dann dem Eigenthümer zu.

Otto. Ich leih' es Ihnen, und er soll's aus meinen Händen empfangen.

Jul. (ihm Börse und Düte gebend) Diese Grosmuth lehrt mich, daß Menschheit noch in der Welt ist.   (beyde ab)

Achter Auftritt.
Otto von Kronfeld.

Noch einmal so viel, als dieser Bettel enthalten kann, für die rechte Wahrheit! Am Ende, glaub' ich, haben sie mich beyde belogen. O! es ist leichter, aus diesen Klippen Gold zu gewinnen, als aus dem Menschen Wahrheit.

Neunter Auftritt.
Anheim. Otto von Kronfeld.

Anh. Herr von Kronfeld! wissen Sie auch die Geschichte des alten Manns?

[253] **Otto.** Vertrakt! das vergaß ich gar darüber.

Anh. Eben die Frauenzimmer, die da von Ihnen gingen, sind seine Erretterinnen. Sie haben drey hundert Thaler für ihn bezahlt.

Otto. Wie? — Herr Anheim, Herr Anheim! (spöttisch) Das war ja die Mätresse des Baron Fallhorn mit ihrer Muhme.

Anh. Eben diese!

Otto. Mätresse und Grosmuth! Scheints Ihnen nicht widersprechend? Aber sonderbar! Sehn Sie nur! (weist ihm Börse und Düte) Wie? Sie stutzen? Kennen Sies etwa?

Anh. Leider! nur zu wohl.

Otto. Gehört Ihnen diese? Noch nicht aufgemacht. Hier! denn ich kann sie Ihnen nicht nachtragen. Mich beschwert diese Düte genug.

Anh. So sprachen Sie sie ausführlich?

Otto. Ja; und ich kann Ihnen nicht bergen, ein Theil belog mich.

Anh. Der sind wir.

Otto. Freywilliges Geständniß ist Tu=[254]gend. Aber welche Tugend hätten Sie auch nicht? Sie, der Sie den Grafen von Thorheiten und Ungerechtigkeiten abhalten: und wenn Sie das nicht können, ihm wenigstens Ihr Mißfallen darüber äußern. Sie bringen ihn auf den Weg der Tugend, indem Sie ihn zu Ihrer Freundschaft bringen.

Anh. Ich wünschte, Sie geruhten mich erst zu hören, ehe Sie mich verurtheilten.

Otto. Hört' ich auch Wahrheit?

Anh. Ich verdiene diesen bittern Vorwurf. Aber setzen Sie sich an meine Stelle. Ich kam zum Grafen, als seine heftige Liebe gegen Julianen abzunehmen anfing. Ich kannte sie nicht anders, als aus der Beschreibung seiner Mutter, die schlecht genug war.

Otto. Und fanden Sie sie denn so?

Anh. Keinesweges! ich fand sie vielmehr, aber wohl= gemerkt zu spät! als ein vortrefliches Frauenzimmer, das weiter keinen Fehler begangen, als daß sie einen Grafen liebte, der sie über alles zu lieben vorgab.

Otto. Und wer hinderte den Grafen, ein ehrlicher Mann zu bleiben?

[255] **Anh.** Seine Mutter, die aus allen Kräften dagegen arbeitete, und auch arbeiten ließ.

Otto. Und dadurch erhielten Sie die Gnade Ihro Ex= cellenz?

Anh. Ich that doch meine Schuldigkeit.

Otto. Zum Unglück eines hintergangenen Mädchen?

Anh. Nicht so! Seine Liebe gegen sie war in Abnahme; sein Gewissen fachte sie nur zuweilen an; er folgte, eh' ich glaubte, auf ihn den geringsten Eindruck gemacht zu haben.

Das meiste ihrer Unschuld hörte ich nachher von ihm selbst. Allein, daß sie Mangel leidet, ist nicht seine Schuld.

Otto. Warum widersprachen Sie nicht früh, heute früh, der Lüge des Grafen?

5 **Anh.** Weil Sie gar nichts davon erfahren sollten.

Otto. Nun hab' ichs aber doch; und es soll nicht bey mir bleiben.

Anh. Ich bitte Sie, setzen Sie nicht des Grafen Glück und des Fräuleins Zufriedenheit aufs Spiel.

10 **Otto.** Vom Fräulein ist gar nicht mehr die Rede. Er muß Julianen heyra=[256]then, oder — von mir nichts mehr wissen wollen. Diese Wahl hat er.

Anh. So beleidigt er ja das Fräulein.

Otto. (nach einer Pause) Das kömmt daraus!

───────

15   **Zehnter Auftritt.**

Mannhof, Elisabethen führend. Anheim. Otto.

Elis. Eine vortrefliche Person diese Juliane! Ich will den Sommer gewiß keinen Tag ohne sie seyn. Man sollt' ihr, Graf, das Geld auf gute Art wieder zustellen. Denn 20 sie hat nichts übrig, sagt der Oheim. Wollen wir zu ihr? Nur eine halbe Stunde von hier. Ich möchte ihr gar zu gern dafür danken.

Mannh. Wir kommen ihr nicht gelegen. Sie scheint von denen zu seyn, die sich ihre gute Handlungen nicht gern 25 unter die Augen sagen lassen.

Elis. Nur auf einen kurzen Besuch, den sie mir doch nicht schuldig bleiben kann, und [257] so werd' ich schon weiter mit ihr bekandt werden.

Mannh. Liebstes Fräulein! können wir uns denn von 30 der Gesellschaft verlieren?

Elis. Die kommt nach, ist sie nicht faul.

Otto. (zu Anheim) Was das böse Gewissen macht!

Elis. Fort, fort! lieber Graf. Ich bin auch den ganzen Tag freundlich. Sie wissen, ich kann auch das Gegentheil.

Mannh. Wie zum Beyspiel heute über der Tafel.

Elis. Da that ichs nur dem Baron zur Gesellschaft; der war so ernst und vertieft, als trüg' er alle europäische Staatsarchive in seiner Tasche. Und ich wollte wetten, er ärgert sich nur, daß er mich nicht mehr in seinem Herzen tragen soll.

Mannh. Wie? mein geliebtes Fräulein! Ich bin nicht der erste, der sich um Ihren Besitz bewirbt?

Elis. Nein; der Baron —

Mannh. Seine Vorzüge machen mich zittern.

[258] **Elis.** Scherzen Sie nicht; er hätte mich weggehabt, wäre nicht mein Vater, meine Mutter, mein Oheim, und auch Sie.

Mannh. So hab' ich doch Ihr Herz? Gut, gut! Leicht geb' ich nicht wieder, was ich einmal habe.

Eilfter Auftritt.

Maria. Hans. Mannhof. Elisabeth. Anheim. Otto.

Hans. Da sind sie ja — Alle Tage solche Bewegung, wäre die Reise nach meinem Grabe.

Otto. Nicht doch! nach der Magerkeit. — Sie, gnädige Frau! finden es doch gut?

Mar. Nein; ihr seyd alle zu wild. Lauft da mit einmal den Berg herunter. Und was wars? Eine Juliane giebt Geld weg, weils ihr nicht sauer geworden.

Otto. Woher wissen Sie das?

Mar. Weil sies leicht weggeben können.

Otto. Schön geschlossen!

Mar. Nicht wahr, Herr Graf?

[259] **Otto.** Ja, ja, Herr Graf; nicht wahr?

Mannh. Was liegt daran? Ob aus Leichtsinn, oder Gutherzigkeit, oder Verschwendung; genug, es war eine gute That.

Otto. Aber Leichtsinn ist es, Herr Graf! Auch Ihnen macht Sie ein Geschenke: Sehen Sie nur! durch mich, durch mich!

Mannh. (leise zu Anheim) Bin ich verrathen?

Anh. Das Böse verräth sich; das Gute entdeckt sich.

Mar. Was ist es denn, Herr Graf?

Otto. Nichts, gnädige Frau; lauter Schaam!

Mar. Wie? die Dirne legt Ihnen gar Netze? — Und von solcher Freygebigkeit macht man noch so viel Aufhebens?

Otto. O! gnädige Frau, lassen Sie Ihr Herz nicht so schnell seyn, als Ihre Zunge. Doch ist mirs lieb, daß beydes von einander nichts weiß.

Mar. (heftig) Und Sie, mein Herr Bruder — (etwas gelaßner) kennen gar nicht die Schlangen.

[260] **Otto.** Woher, zum Teufel, denn Sie?

Mar. Sie stehn wohl gar noch an, ob Sie das Mensch, oder den Grafen schelten sollen?

Otto. Bey meiner Ehre nicht! — Mit mir, Herr Graf! — Nicht? — O! ich kann auch trotzen. (Otto, Anheim, Mannhof ab; doch letzterer von einer andern Seite)

Zwölfter Auftritt.

Hans. Maria. Elisabeth.

Mar. Was für ein brutaler Mann! Ganz ohne alle Erziehung! Man müßte sich seiner schämen, hätt' er nicht Geld. Wie er selbst sagt, er hat in seinem Leben kein Instrument gespielt, nicht getanzt, und ist in seinem Leben nicht bey Hofe gewesen. O! was sind Kinder ihren Eltern schuldig, die ihnen gute Erziehung geben! Kann denn der arme Graf dafür, daß sich eine solche Kreatur in ihn verliebt? Aus dem Dorfe sollt' er sie jagen.

Elif. Hier hats wohl einen andern Ha=[261]fen, gnädige Mama. Der Oheim beschuldigt sonst nicht leicht.

Mar. Setze das Aergste, Kind! er habe sie als Mätresse gehabt.

Elif. Könnte mir aber dies gleichgültig seyn?

Mar. Närrin du! Ein Fräulein muß sich das gefallen lassen. Du nimmst dir einen Gemal, und nicht einen Mann.

Elif. Dabey führ' ich aber schlimmer, als das gemeinste Mädchen.

Mar. Schlimmer? Kömmst du nicht dafür nach Hofe, zur Assemblee? Issest an Gallatagen mit auf dem goldnen Service? Spielst mit Königen, Prinzen und Prinzessinnen Karte? Also, liebe Tochter! Lebensart! Politesse! Unser Vorzug ist, das mit Anstand zu ertragen, worüber eine ge= meine Frau aus der Haut fährt.

Elif. So wird er mir ja verhaßt, eh' er von mir ge= liebt ist.

Mar. Laß da werden, was da will! Du mußt deine Würde behaupten. Nicht wahr, mein lieber Herr Gemal? — Sie wollen hier wohl gar einschlafen?

[262] **Hans.** Wenn man nicht anders kann, meine liebe Ge= malin. Es ist ja bey meinem Bruder ein recht malabarisches Leben. Man stand vom Tische auf, ohne zu sehen, ob mirs beliebte; und ich und du waren doch die Vornehmsten daran. An Mittagsruhe denkt auch keine Seele. Ich habe mich ganz müde gelaufen: laß mich nur allein.

Mar. Hier an der Landstraße, unter einem Baume?

Hans. Ich bin gar zu müde.

Mar. Wie ein Bauer vor Müdigkeit sich hinzuwerfen? Wie bald siehts nicht jemand!

Hans. Ich seh' doch nicht, wenn ich schlafe.

Mar. Liegt Ihnen an Ihrer Ehre so wenig? —

Hans. Nur dasmal! Schlecht schlafen ist besser, als gar nicht schlafen.

War. So komm, meine Tochter! und laß die Lehre und Ermahnung deiner Mutter nicht aus deinem Herzen. Man muß sehn, und nicht sehn; hören, und nicht hören, und immer freundlich und holdselig scheinen, je unzufriedner man in der Ehe lebt. (ab)

[263] **Hans.** Geht doch nur. (schläft vollends ein)

Dreyzehnter Auftritt.
Anton. Hochthal. Hans.

Hochth. Also willst du dich bessern?

Ant. Ja.

Hochth. So nehm' ich dich auch wieder an. Die vornehmste Eigenschaft eines Bedienten aber ist, schweigen. Kannst dus?

Ant. Noch besser, als reden.

Hochth. Wenn dich auch jemand ausforscht mit guten Worten, mit Geld, oder Schmeicheley; wenn ers nur ins Ohr, als Freund gesagt haben will; wenn er dich bey seiner Seligkeit versichert, daß das Geheimniß bey ihm besser verwahrt sey, als bey dir, kannst du, willst du da noch schweigen?

Ant. Meine Schuldigkeit; dafür geben Sie mir Lohn und Brod.

Hochth. Wenn dir aber ein Anderer mehr Lohn und Brod anböte?

Ant. Hat keine Noth. Die Herrschaften handeln ja mit einem bis aufs Frühstück.

[264] **Hochth.** Wenn dir aber des Verführers Geld zublinkte, und du nur zugreifen dürftest?

Ant. Da wär's sehr verführerisch.

Hochth. Also für vieles und baares Geld wirst du mein Verräther?

Ant. Um Gottes willen! das fällt mir nicht ein, gnädiger Herr. Ein ehrlicher Kerl ist doch besser, als ein reicher Schurke.

Hochth. So bestelle diesen Brief.

Ant. Auf die Post?

Hochth. Kannst du lesen?

Ant. (liest) „An des Königlichen Geheimen Kriegs- und Finanzraths, Hans von Kronfeld Hochwohlgeborn.“ — Mit dem speiseten Sie ja heute?

Hochth. Was folgt daraus?

Ant. Daß Sie sich vergebene Mühe machen. Sie könnens ihm ja mündlich sagen. Es ist doch weiter nichts, als daß Sie sein Fräulein lieben.

Hochth. Du wolltest ja nicht mehr räsonniren?

Ant. Ist das räsonnirt?

Hochth. (giebt ihm eine Ohrfeige) Ist das geschlagen?

[265] Ant. Mein Seel! die verdien' ich nicht.

Hans. (im Schlafe) Peter! Christoph! Ihr Schlingel, ihr Reckel! so einen Lerm zu machen. Tod will ich euch noch beyde prügeln.

Hochth. Prügeln?

Ant. Uns beyde tod prügeln?

Hans. Verantwortet euch noch lange!

Hochth. Was ist das?

Ant. (sucht) Ha, ha!

Hochth. Was denn?

Ant. Da liegt er!

Hochth. Wer? wer? — Ja, er ists! — Geh' vollends an ihn heran, und übergieb ihm den Brief.

Ant. Aber —

Hochth. Noch ein Aber?

Hans. (der sich vollends erhebt, und seinen Stock ergreift) Die Bengel muß der Stock auseinander bringen. (tritt mitten unter sie, und schlägt auf Anton) Da, für deinen Gehorsam! (will auf Hochthalen schlagen, welcher ihm noch in den Stock greift, und ihn derb schüttelt)

5*

Hochth. Herr Geheimerrath!

[266] **Hans.** Um Vergebung, Herr Baron! Es war mir, als läge ich zu Hause auf meinem Sofa, und meine Bedienten zankten sich im Vorzimmer.

5 **Hochth.** So hab' ich Sie im Schlafe gestört?

Hans. Freylich! Aber es thut nichts; ich lag nicht gut da. Mein Rücken! Mehr Traum, als Schlaf!

Ant. (vor sich) Mir bittet ers nicht ab. — Gnädiger Herr Geheimer Rath —

10 **Hans.** Ha, ha, ha! Du bekamst den Schlag? Schön, schön! — Herr Baron! verdient er einmal wirklich Prügel, rechnen Sie ihm den zu gut.

Ant. Ich dank' unterthänigst für diese hohe Genugthuung. (reicht ihm den Brief) Von meinem Herrn —

15 **Hans.** Und danke deinem Gott, daß ich mich so bald besann; du hättest sonst mehr abbekommen.

Ant. Herr Geheimer Rath! dieser Brief von meinem Herrn.

Hans. Von deinem Herrn? Bist du blind? Hier 20 steht er ja. Ha, ha, ha!

[267] **Hochth.** Ich glaubte, Sie hier nicht zu finden; und es ist eine Sache von Wichtigkeit.

Hans. Sagen Sie mir sie nur.

Hochth. Ich bitte, lesen Sie meinen Brief.

25 **Hans.** Sonderbar! sonderbar! Das Briefschreiben muß Ihnen nicht sauer werden. (nimmt und liefet ihn)

Hochth. Weiter zurück!

Ant. (erschrocken) Warum?

Hochth. Weil ich will.

30 **Ant.** Auch gut!

Hochth. Nicht die Augen so hin!

Hans. Herr Baron! die Ehre, die Sie mir erweisen, indem Sie um meine Tochter werben — (Hochthal winkt dem Anton, fortzugehn; er versteht es aber nicht)

Hochth. Erlauben Sie mir, erst ein Wort meinem Be=
dienten zu sagen. (nimmt ihn ganz bey Seite, und sagt ihm
mit der geheimnißvollsten Mine) Geh' deine Wege!

Vierzehnter Auftritt.

Hochthal. Hans von Kronfeld.

Hans. Sehr fein! sehr witzig! Bediente müssen nicht
alles wissen. — Ich bedaure nur, daß ich Ihnen, in An=
sehung Ihrer Liebe gegen meine Tochter, gar keine Hofnung
machen zu können, erklären muß. Ihre Verlobung mit dem
Grafen ist so gut, als vollzogen: und können Sie noch
einen Tag hier bleiben, so genießt sie die Ehre Ihrer
Gegenwart. —

Hochth. Die Falsche!

Hans. Was sagten Sie?

Hochth. Meine Liebe zu dem Fräulein entsteht nicht
erst heut.

Hans. Das sagen Sie recht schön in Ihrem Briefe.
O! ich hab' es gelesen.

Hochth. Meine ganze Seele fühlt Ihre mich nieder=
schlagende Antwort.

Hans. Auch das sagen Sie recht schön in Ihrem Briefe.
Aber zu spät ist zu spät. Eher, eher, Herr Baron!

Funfzehnter Auftritt.

Maria. Hans von Kronfeld. Hochthal.

Mar. Gott! wo bleiben Sie, Herr Gemal? So lang'
auf ofner Straße, ohne Bediente und Kutsche?

Hans. Weißt du schon des Herrn Barons Anliegen?
Lies nur einmal da — Herr Baron! sie ist eine große Lieb=
haberin von schönen Briefen. Und der Ihrige ist ein Muster.
Doch eins, Herr Baron! ein wesentliches Stück ist darinn
nicht beobachtet.

Hochth. Und das ist?

Hans. Die Kürze! Ein recht schöner Brief muß nicht über eine Seite lang seyn.

Hochth. Die Seiten sind verschieden, und die Hände,
5 die sie schreiben.

Hans. Daran liegt nichts; eine Seite, und keine Zeile länger, muß ein wohlgerathener Brief seyn.

Hochth. Und hätte man auch noch so viel zu sagen?

Hans. Und handelte man die ganze [270] Reichshistorie
10 darinn ab. Denn, sehn Sie: vors erste ist ein kurzer Brief eher gelesen, als ein langer; zweytens, was man mit wenigen Worten kurz und gut sagen kann, ist besser, als wenn mans mit vielen Worten sagt.

Hochth. Kann man das allzeit?

15 **Hans.** Drittens, ist vieles Reden und Schreiben — Plauderey; viertens —

Mar. Ja, Herr Baron! wir müssen es recht sehr beklagen.

Hans. Das hab' ich schon auch gesagt.

Mar. Doch ein Punkt in Ihrem Briefe befremdet mich.
20 Meine Tochter hätte von Ihrer Liebe gewußt?

Hochth. Ja.

Mar. Irrung, Herr Baron!

Hans. (leise zu ihr) Nun begreif' ich, warum man ihr so viel zureden mußte.

25 **Mar.** Nicht doch! Der Neigung zu so einem würdigen Kavalier braucht sie sich nicht zu schämen. (zu Hans) Ihre jungfräuliche Blödigkeit hat zu ihm nicht Nein sagen können, obs gleich ihr Herz gethan.

Hochth. So ist denn mein Unglück entschieden!

30 [271] **Hans.** Ho, ho, ho! Ihr Unglück? Was für Unglück?

Hochth. Ihre Fräulein Tochter zu verlieren.

Hans. Herr Baron! verlieren heißt, um das, was man schon hat, durch Zufall oder Vorsatz des andern kommen.

Sie haben aber meine Tochter nie gehabt, folglich verlieren Sie sie nicht, sondern Sie bekommen sie nur nicht.

Mar. Nur mit zu unsrer Tochter, Herr Baron! Sie werdens von ihr selbst hören.

Vierter Aufzug.   5

Vor Julianens Hütte.

Erster Auftritt.

Juliane. Lorchen. Karlchen. (die beyden ersten sitzen auf einer Bank vor der Hausthüre; vor ihnen ein Stühlchen, auf welchem Karlchen gesessen)   10

[272] **Lorch.** Nicht einen Augenblick still, das Quecksilber!

Jul. Und doch mein einziger Trost in meinem Kummer. Der Schöpfer wills nicht um der Mutter willen strafen.

Karlch. (hüpfend) Mama, Mama — Muhme, Muhme!

Jul. Was giebts?   15

Karlch. Der Mann, der mir heute Butterbrod schmierte, nicht der mit den goldnen Zahlpfennigen — siehst du? — dort, dort!

Lorch. Wo denn? wo denn?

Karlch. Nein; da, da — Ja, da! Er kömmt ohne 20 Pferd. Der dumme Mann hat ein Pferd, und reitet nicht.

Jul. Du hast recht gesehn — Nimm Karlchen in die Stube. Auch ich will mit ihm eine Sprache reden, die uns wenigstens von allen lästigen Besuchen ins künftige befreyen soll.

Lorch. Komm, Karlchen! nimm dein Stühlchen und 25 deine Bücher mit.

Karlch. Wohin denn?

Lorch. Du hörst es ja, herein.

[273] **Karlch.** Essen?

Lorch. Komm nur! (beyde ab)   30

Zweyter Auftritt.

Juliane.

Ist es möglich, können die Menschen das Gefühl, Un=
recht gethan zu haben, so weit verlieren, daß sie unsern
5 Umgang suchen, weil wir ihr angethanes Unrecht vergessen
zu haben scheinen; oder bilden sich diese Thoren ein, wir
fühlens nicht mehr?

Dritter Auftritt.

Anheim. Juliane.

10 **Anh.** (vor sich) Da wäre sie schon! Auf sie gerade zu=
gehn? oder wie sie anreden? Mit der Sache gleich an=
fangen? oder, wie ein Bettler, der sich schämt zu betteln,
von fehlgeschlagnen Hofnungen und unglücklichem Loose der
Menschheit reden?

15 **Jul.** (auf ihre Hütte zugehend) Vielleicht will er auch
nicht zu mir.

[274] **Anh.** Nein, Sie dürfen mir nicht weg, Unvergleich=
liche Ihres Geschlechts.

Jul. Gilt mir der Gruß?

20 **Anh.** Und wären Tausende da, nur Ihnen.

Jul. Mein Herr! eine Schmeicheley ist das Armseligste,
was ich auf Erden kenne: aber bey Gott! mir zu viel!

Anh. Warum mir so verächtlich?

Jul. Warum wollen Sie mein Freund scheinen?

25 **Anh.** Weil ichs bin, ob Sie gleich nicht wollen.

Jul. Sie sinds auch. Ich habe die Ehre gehabt, am
dritten Orte mit Ihnen zu essen; ich habe die Ehre gehabt,
heimlich von Ihnen verläumdet zu werden; Sie haben zu
meinem Nachtheil gearbeitet, wo Sie gekonnt, und mir unter
30 die Augen so viel Verbindlichkeit gesagt, daß ich mich ge=
schämt habe, sie anhören zu müssen.

Anh. Wie sehr verkennen Sie mich! doch die Zukunft

sey blos meine Rechtfertigung. Belieben Sie nur jetzt meinen Auftrag anzuhören, dessen ich mich aus Pflicht, [275] aus mir sehr sauer werdender Pflicht entledigen muß. Der Graf Mannhof —

Jul. Von diesem ein Auftrag an mich? Und Sie 5 wieder sein Abgeschickter?

Anh. Nicht um Ihnen wider Willen zu dienen, sondern einer dritten Person, Ihrem Kinde. Aber Ihr Mistrauen, Ihre Verachtung gegen alles, was von Mannhof kommt —

Jul. Ich gebe gern zu, daß Sie gegen den Grafen 10 mein Betragen tadeln müssen; aber, daß Sie mirs ver= schweigen würden, hofft' ich von Ihrer Lebensart.

Anh. Bin ich denn gekommen, Sie zu tadeln?

Jul. Weswegen wohl sonst?

Anh. Um Ihnen eine Schuld abzutragen; um Sie zu 15 versichern, daß der Graf stets Ihr Schuldner bleibt. Nehmen Sie zum Beweis diese Banknoten.

Jul. Kuppler! behalte sie für dich, und sag', ich hätte sie angenommen. Der einzige Lohn, den ich für einen treuen Kuppler weiß. 20

Anh. (zornig) Weib!
[276] Jul. Recht! recht!

Anh. (sich wieder fassend) Wollen sie dem Räuber, der Ihnen Ihre Kleinodien genommen, Ihren letzten Rock nach= werfen? 25

Jul. Soll ich den Räuber dem Vorwurf der Welt nicht übergeben?

Anh. Der Welt? Die Welt wirft ihm nichts vor: und ist sie recht partheyisch gegen Sie, so sagt sie: er kann auch nicht anders. 30

Jul. Das sagt sie? Nun, so kümmerts mich auch nicht, was sie sagt. Ist meine Ehre ein Ding, das er mit Geld bezahlen kann, und seine verlorne Rechtschaffenheit ein Ding, das er auch mit Gelde wieder haben kann, verlohnt sichs der

Mühe, davon zu reden? Fast alle Dinge für Geld, sind entbehrlich, und die unentbehrlichen leicht zu haben.

Anh. Zum letzten male hab' ich Ihnen vom Grafen gesprochen!

5 **Jul.** Meinen herzlichen Dank!

Anh. Aber, mein Auftrag vom alten Kronfeld —

Jul. Wegen des Vorschusses? Wohl, wohl!

[277] **Anh.** Ich bin nicht sein Kaffirer.

Jul. Gott verzeih' mir! des Grafen Betrügerey in 10 einen Schacher zu verwandeln, dazu halten Sie sich nicht zu gering; aber für einen ehrlichen Mann eine Schuld berich= tigen, das erniedrigt Sie. Des Ehrgeizes der Menschen!

Anh. Davon weiß ich aber nichts; und zudem wird diese Lumperey ihm wenig am Herzen liegen.

15 **Jul.** Wirklich? Muß der Mann, der Gutes thut, weg= werfen? Nachläßigkeit für Gutherzigkeit und Grosmuth aus= geben? oder nach dem Begriffe der Ehre, entweder sich be= trügen lassen, oder selbst betrügen?

Anh. Mistrauen gegen die Grosmuth unsres Freunds 20 ist ja die bitterste Beleidigung.

Jul. Mein Herr! wenn Sie nicht wollen, gehaben Sie sich auf immer wohl!

Vierter Auftritt.

Anheim.

25 Eine Meynung, ein Vorurtheil bringe der Teufel aus dem Kopfe eines Weibes. — [278] Wozu die Katze streicheln, die mich krallt? — Staupenschläge dem Guther= zigen, der ohne allen abzusehenden Dank für Anderer Bestes arbeitet!

Fünfter Auftritt.

Lorchen. Anheim.

Lorch. Bst, bst, bst!

Anh. (sich umsehend) Das böse Maul vollends!

Lorch. Bst, bst!

Anh. Haben Sie einen recht beißenden Einfall auf mich?

Lorch. Wo kämen wir armen Dorfmädchen dazu? Die sind nur in der feinen großen Welt.

Anh. Warum also mir gewinkt?

Lorch. Ich möchte nur wissen, ob Sie uns wirklich einen Gefallen thun wollten.

Anh. (höhnisch) Wenn ich würdig genug dazu bin.

Lorch. Wohl entschuldigt!

Anh. Aber nur her mit!

Lorch. Da — (giebt ihm ein Pappier) [279] mit der guten Lehre auf den Weg: Halten Sie die Ohren fest zu vorm Gewitzel der Herren von Erziehung, und neigen Sie sich bis auf die Erde für den Verlust des Schutzes gewisser großer Herren.

Anh. So wie jetzt vor Ihnen?

Lorch. Passirt! Nur ganz noch mit der Nase auf die Erde!

Sechster Auftritt.

Anheim.

Die legen's darauf an, keinen Freund zu haben. — Was schreibt denn die Närrin? (liest) „Daß ich heute von des Herrn von Kronfeld Hochwohlgeborn sechzig Friedrichsd'ore erhalten, und demselben deshalb mein Häuschen zum Unter=pfand einsetze, bis ich die Schuld bezahlt, bescheinige ich hierdurch." — Nun, so lernt er doch die trotzige, unbieg=same Demuth dieses Frauenzimmers auch kennen. (ab)

---

[280] **Siebenter Auftritt.**

Ehrenfried. Otto.

Otto. Ja, ja, guter Freund! das ist die Hütte dieser
würdigen Person.

5 **Ehrenfr.** Dieses da? Ihre Wohnung kein Pallast?
kein Schloß? Blos eine Bauerhütte?

Otto. Und was Ihn noch mehr wundern wird, sie ist
eher arm, als reich.

Ehrenfr. Gott! Gott! — Sie braucht aber doch Knechte?

10 **Otto.** Ja.

Ehrenfr. So haben Sie nur die Gnade! mich zu ihr
zu bringen. (Otto geht an die Thüre und klopft) Lieber Herr
Gott! laß mich nicht undankbar werden!

Achter Auftritt.

15 Juliane. Ehrenfried. Otto.

Jul. Mein Herr von Kronfeld! Anheim erhielt eben
von mir die Quittung an Sie.

Otto. Beym Himmel! darum komm ich auch.

[281] **Jul.** Warum hätte ich aber noch heute die Ehre?

20 **Otto.** Um Ihnen Dankbare zuzuführen.

Ehrenfr. (fällt vor ihr nieder, sie hebt ihn aber sogleich auf)
O! meine gnädige Wohlthäterinn! (will noch einmal ihr zu
Füssen fallen)

Jul. Mein Freund! was ich that, kam ganz von un-
25 gefehr. Zu einer andern Stunde hätte ichs nicht gekonnt,
aber doch immer gewollt.

Ehrenfr. (will einigemal reden, ihr den Rock küssen, welches
letztere sie allzeit mit der größten Beschämung verweigert) O, einzige Wohlthäterinn!

30 **Otto.** Faß Er sich nur erst. (zu Julianen) Seine Empfindung liegt tiefer, als auf der Zunge.

Ehrenfr. Gnädige Frau! — nehmen Sie mich zu Ihrem

Knecht an, der will ich, der muß ich Ihnen ewig seyn. Ich kann arbeiten und gehorchen.

Jul. Lieber Freund! Ihr Dank setzt mich in die äußerste Verlegenheit. Darum sollten Sie nicht wieder= kommen; aber Sie [282] sind nun da, und können freylich 5 heute nicht weiter. — Kommen Sie mit mir! (geht mit ihm herein)

Otto. Nun weiß ich Gutherzigkeit und Dankbarkeit auf= zufinden. Bey den Armen, beym gemeinen Volke; und Büberey und Schurkerey bey Grafen und Herren!   10

Jul. (zurückkommend) Sein zu großes Bestreben, dankbar zu seyn, jagt mich von ihm. — O! gnädiger Herr, nehmen Sie sich künftig dieses Jünglings an!

Otto. Wenn ich's nicht thu, so sagen Sie, ich sey unter den Schlechtesten der Schlechteste.   15

Jul. Dort kömmt ja auch ein Wagen!

Otto. Sie sind's schon; aber leider, können sie nicht ganz heran mit dem Wagen; die Brücke über den Damm ist noch nicht fertig.

Jul. Zu mir?   20

Otto. Ja.

Jul. O! Ihr Wagen bringt mir Gäste —

Otto. Mein Wagen zwar, aber nicht die Gäste, die Sie befürchten.

Jul. Wer leider! sonst?   25

Otto. Des Burschen Vater mit seinen [283] beyden kleinen Söhnen. Ich traf sie am Berge, wo ich heute gegessen. Sie konnten vor Hunger und Mattigkeit nicht mehr fort, und wollten doch weder von Ruhe, noch Essen und Trinken wissen, bis sie Ihnen Dank gesagt. Mit genauer Noth bracht' ich 30 sie in meinen Wagen; denn sie wären unter Weges liegen geblieben. Aber der älteste Sohn war nicht hinein zu bringen; ich begleitete ihn daher zu Fuße, damit er nicht noch irre= ginge.

Jul. So vielen Dank annehmen müssen, würd' ein eitles, nicht wohlthätiges Herz machen. Auch mir gut, daß ich dieser Gefahr so leicht nicht unterliegen kann!

Neunter Auftritt.

5 George mit seinen zwey kleinen Söhnen. Juliane. Otto.

Georg. O! mein Herr, wo ist sie?

Otto. Hier.

Georg. Grosmüthige — gnädige Frau! Ihre Wohlthat rettete mich nicht allein; auch diesen Würmern giebt sie einen 10 Vater wieder. (stutzt, da er sie recht genau betrachtet)

[284] Jul. (ebenfalls) Gott! wenn Sie ein Verwandter von mir wären!

Georg. Ich bin George Brand, ein unglücklicher Pächter.

Jul. O mein Vater! mein betrübter Vater! Ich bin 15 Ihre Tochter, Ihre ungehorsame Tochter, Juliane!

Georg. Du? Du? — Und du meine Retterinn?

Jul. Nein, nein; Ihre reuevolle Tochter — Barmherziger Gott! — Mein Vater! — Willkommen! — Sie hab' ich wieder! Kein Kummer drückt mich mehr.

20 Georg. Tochter! Tochter! Dich seh' ich wieder! In diesen meinen elenden Umständen! Ich wollte dich immer vergessen, und konnte nicht. So oft ich dich in deiner Kindheit ansah, glaubt' ich die Freude meines Alters zu sehen; aber nur zu zeitig wurdest du mein nagender Kummer. 25 Mit dir schwand Glück und Segen.

Jul. (sehr rührend, so, daß der Vater dadurch bewegt wird) Mit mir!

Georg. Nicht mit dir. — O lieber Gott! was machst du mit uns Menschen.

30 [285] Jul. Mein Vater! ich bekenn', ich fühl' es, ich verdiene Ihre Vergebung nicht; aber ich beschwöre Sie fußfällig darum.

Georg. Auf! Du weißt doch nicht, wie viel Nächte ich um dich weinte — Ganz recht, ich machte zu viel aus dir. Ich büße aber auch meine Eitelkeit genug, daß ich ein besseres Landmädchen an meiner Tochter haben wollte, als andere Väter.

Otto. Kinder, davon nichts! — Wo ist Ihre muntre Freundinn?

Jul. Drinn! Sie muß es wissen; denn sie wird diese Freude reiner genießen, als ich. (will hineingehn)

Georg. Vergißt du gar deine Brüder?

Jul. (sie umarmend) Nein; euch will ich die Mutter seyn, um die ich euch brachte.

Otto. So beweisen Sies, und geben ihnen zu essen. (sie mit den Kindern ab)

Zehnter Auftritt.

George. Otto.

Otto. Wußten Sie denn nicht, daß Ihre Tochter hier wäre?

[286] **Georg.** Nein, und mochte nichts wissen. Jede Nachricht von ihr konnte meinen Kummer mehren, aber nicht mindern. Sie hatte sich mit einem Grafen eingelassen. — Haben Sie Kinder?

Otto. Nein.

Georg. Auch nicht gehabt?

Otto. Leider!

Georg. Nun, gnädiger Herr! erlauben Sie mir, davon zu schweigen. Die Väter sind gegen ihre Kinder in den Augen der Unpartheyischen gar zu große Verhätschler, und immer Schuld, wenn sie nicht gerathen.

Otto. Diese Tochter ist doch gewiß gerathen.

Georg. (betroffen) Gewiß? — Je nun! Andere mögen wohl auch das ihrige beygetragen haben, daß sie nicht besser gerieth. Meine guten Absichten mit ihr wurden mir zu Wasser.

Otto. Welche Absichten?

Georg. Die väterlichen, sie einem ehrlichen Mann zu
5 geben, und eine rechtschafne Mutter aus ihr zu machen, wie die ihrige.

Otto. Das ist sie gewiß.

· [287] **Georg.** (bitter) Freylich, gnädiger Herr! weiß ich mich nicht auszudrücken. Es ist Unterschied zwischen Frau und
10 Mutter.

Otto. Lieber Brand, so nehmen Sies? — Je nun, Sie kennen mich noch nicht; und Ihr Haß gegen Ihre Tochter mag eben so groß sein, als Ihre Zärtlichkeit war.

Georg. Nein; ich hasse sie nicht; haßte sie nie; aber
15 die Vaterliebe ist zu Galle geronnen. Mich quält die Er= innerung, die Erinnerung, daß sie gut war, und der Anblick, daß sie schlecht geworden. In dem Augenblicke, da ich ihr fluchte, seegnete ich sie wieder; und daß ich sie vergessen wollte, mußte, erinnerte mich nur mehr an sie.

20 **Otto.** Ihre Einbildungskraft, seh' ich wohl, spielt Ihnen einen bösen Streich. Ich kann Ihrer Tochter das Zeugniß geben, daß sie, seitdem sie sich hier aufhält, das tugend= hafteste und eingezogenste Frauenzimmer mit ihrer Freun= dinn ist.

25 **Georg.** (vor sich) Brandmarkte er sie doch lieber mit dem schimpflichsten Namen ihres Geschlechts! Es wäre Essig in eine faule Wunde, und so ist es Gift in eine töb=[288]liche. Ich seh meine Tochter zu einer schönen Zeit wieder!

Otto. Mein Zeugniß thut schlechte Wirkung auf Sie.

30 **Georg.** Vergeben Sie, gnädiger Herr! Sie wissen am besten, wie die Welt denkt. Alle Tugenden eines Mädchen sind in einer einzigen beysammen, und die Uebertretung dieser einzigen ist die Vernichtung aller übrigen. Und wenn gebar bey einem Mädchen ein Roman nicht den andern?

Otto. So hart sollte die Welt das schwache Geschlecht nicht richten.

Georg. Was die Welt sollte, mache Schriftgelehrter und Pharisäer aus. Ich lebe mit der Welt, ich genieße mit der Welt: und wem Tadel und Lob der Welt gleich ist, der mag ein 5 großer Mann seyn, ich wäre gerne schlecht und gerecht.

Otto. Und warum könnten Sies nicht seyn?

Georg. Hinge nicht am Ende einer Schande immer eine größere für mich. Gestern und heute noch flehte ich den Himmel um Befreyung vom Gefängniß; er gewährt [289] 10 mirs mit dem Gelde — Wie wird sies erworben haben, und welche große Summen muß sie nicht besitzen, da sie mit so vielem Gelde in mir nur einen Unbekannten zu retten glaubte!

Otto. Darüber sollen Sie Licht krigen! Ich vergesse aber nicht, daß Sie schon zwey Tage hungern, wie Sie mir 15 selbst gesagt. Also, mit herein! Noch war ich nicht bey Ihrer Tochter; und mit Ihnen bey ihr, bin ich doch nicht verdächtig?

Georg. Gnädiger Herr! —

Otto. Dem Betrogenen verzeih' ich gern, wenn er auch 20 alles für Betrüger ansieht. Die Welt hat für den Unglück=lichen gar zu närrisches Ansehn. Ich darf mich nur auf meine Abreise aus Europa besinnen. Aber Trost, guter Brand! das Glück schenkt desto besser darauf. (beyde ab)

Eilfter Auftritt.   25
Quendel. Paul.

Quend. Also keine reiche, auch keine gnädige Frau?

[290] **Paul.** Nein doch, nein doch!

Quend. Schnurrig! Und dort, dort wohnt sie? Hm, hm! Hübsch für eine Bäuerinn; aber erbärmlich für eine, 30 die drey hundert Thaler, mir dir nichts, wegschenkt.

Paul. Und lebt so fromm, wie eine heilige Marie.

Quend. Sie hat ja ein Kind, sagte Er?

Paul. Hatte die keines?

Quend. Er hat gestudiert!

Paul. Dieses Frauenzimmers Tritte und Schritte: ein Erzhundsvoigt aber, der ihr was Böses oder Zweydeutiges nachsagt!

Quend. Woher krigt sie denn so viel Geld?

Paul. Das weiß ich nicht, hörte auch nie was von ihrem Reichthum; aber viel, gar viel von ihrer Dienstfertigkeit.

Quend. Einen Haken muß es doch haben, Herr Jäger! So ein bildschönes Gesicht, und die sich ins Zeug zu werfen versteht. Sie gab es so hin, wie ich nur einen Sechser.

Paul. Sah' Ers denn?

Quend. Mit meinen beyden Augen. Und sich von dem leicht zu trennen, was einem so sauer geworden, kann nur ein Narr, oder [291] der, dem's nicht sauer geworden. Ich that auch nicht anders, als wäre sie die gnädige Herrschaft. Sie verbat zwar den Tittel: Euer Gnaden; aber, das ist so ein Pfiff! Alles Von will jetzt geexcellenzet seyn!

Paul. Sie gewiß nicht! Mein Herr hielte sonst nicht so viel auf sie.

Quend. Sein Herr? So! so! Nun krig ich Licht.

Paul. Von meines Herrn Edelmuth?

Quend. Gewiß.

Paul. Er ist auch die Güte und Rechtschaffenheit selbst.

Quend. Freylich.

Paul. Und sie die Tugend selbst.

Quend. Ohne Zweifel.

Paul. Herr! das klingt ja, wie Spott.

Quend. Nicht doch! Eine gute Freundinn auf seine alte Tage ist ihm nicht zu verdenken.

Paul. Vertrakt!

Quend. Laßt mir nur meine alte Urschel tod seyn, das flinkste, jüngste Mädchen nehm ich mir.

Paul. Das geht zu weit!

[292] **Quend.** Was denn?

Paul. Sein Gestichel! Ich erzähle Ihm da in aller Einfalt des Herzens, und Er erklärt mirs in aller Bosheit des Herzens. Wenn ihr das Gescheitheit nennt, ihr Städter, 5 so seyd ihr wirklich gescheit. Ihr macht einem gleich untern Händen die beste Handlung zu einer Schnacke. Potzstern! ich leid' es nicht, und wär's auch wahr.

Quend. Will Er sich etwa mit mir prügeln?

Paul. Herr! von Ihm laß ich mich auch noch nicht foppen. 10

Quend. Wer will das? Man wird doch ein Wort reden dürfen? Meinethalben sey sie, wer sie sey; sie ist doch ein brav Frauenzimmer. — Ruf' Er mir den alten Brand heraus. (Paul ab)

Zwölfter Auftritt. 15
Quendel.

Kennt der das Wildpret nicht besser, als das Weibsen, so ist sein Rock das einzige, was ihn zum Jäger macht. Als könnte eine Mä=[293]tresse nicht gut und edel handeln: als wäre die Waare um Pappenstiel nicht oft besser, 20 als die, welche man mit Gold und Edelgestein aufwiegt. Meines Hauptmanns Mätresse war eine viel rechtschafnere und getreuere Frau, als meines Obristen Gemalinn. Jene that Gutes, so viel sie konnte, und vertrat, wen sie konnte. Die gnädige Frau Obristen aber scharrte zusammen, wo sie 25 konnte, und verfuchsschwänzte, wen sie konnte, nur nicht ihren Schoosjungen, den schielen Tambur.

Dreyzehnter Auftritt.
Otto. Quendel.

Otto. Mein Freund! könnt' ich nicht wissen, was Er 30 bey dem alten Brand sucht? Es sey, was es wolle, ich bürge für ihn.

6*

Quend. Ich möchte ihm nur selbst den Schein über die ihm erlaßne Abvokatengebühren und andere Kosten ein= händigen.

Otto. So ist Er gewiß der, dessen Menschlichkeit mir
5 Vater und Sohn so sehr rühmten?

[294] Quend. Was war da zu menschlichkeiten! In der Bürgergerechtigkeit gehts so her, als wäre sie blos da, dem Armen das Garaus zu spielen.

Otto. Schlimm, wenn Ers selbst sagen muß; aber vor=
10 treflich, daß Er so viel Härte dabey abwendet, als Er kann.

Quend. Das ist verflucht wenig!

Otto. Geh Er herein. Er ist allen willkommen; ich sag' Ihm, recht herzlich willkommen! (Quendel ab) Nichts macht doch den Menschen schätzbarer, als Mitfühlen!

* * *

15 ### Vierzehnter Auftritt.
Juliane. Otto.

Jul. (sieht Quendeln mit Bestürzung an, der sie scharf ins Auge krigt, und ihr sein steifes Kompliment macht) Zu meinem Vater?

20 Otto. Nur ihm gewisse Quittungen selbst einzuhändigen.

Jul. Ihre Gnade, grosmüthiger Beschützer —

Otto. Ey! ey! wer wird nachbarliche Gefälligkeiten Gnade nennen? Aber ein Wort [295] mit Ihnen ganz allein! — Könnten Sie den Grafen wiederum lieben?

25 Jul. Lieben? Ach! hätt' ich nie geliebt!

Otto. Meine liebe Freundinn! nur einmal noch davon; und dann nie wieder! Ihr erlittenes Unrecht möcht' ich Ihnen gern vergüten.

Jul. O! mein Herr, daß ich Ihr Mitleid verdiene,
30 sagte mir stets mein Herz: daß ich aber einen so edlen Vermittler an Ihnen finden würde, hoft' ich nie.

Otto. Die Vorsicht ist immer gerecht, und die Welt

wäre ein zu fürchterlicher Aufenthalt, herrschten Mannhofische
Gesinnungen ohne Ausnahme. Unglück war immer Tugend —
und Liebe — Probe. Ich betrachte Sie von nun an, als
meine Nichte; und verdient das Dank, lieben Sie mich als
Ihren Oheim. Aber Liebe erfordert Vertrauen.   5

Jul. So gesteh' ich denn, des Grafen kalte und höh=
nische Begegnung auf einen Anfang von Grosmuth und
Verachtung aller Vorurtheile, tilgte gänzlich alle Liebe aus
meinem Herzen.

Otto. Die Leidenschaft Liebe, die Trunkenheit und Blind= 10
heit der Sinne gegen alle [296] andere Schönheiten, wo uns
der geliebte Gegenstand Vollkommenheit, und die übrige Welt
Unvollkommenheit ist: eine Erscheinung am Menschen, wie
ein großes Nordlicht am Himmel; kömmt, ohne daß man
weiß woher, und vergeht, ohne daß man weiß wie. So ein 15
feines seidnes Gespinst macht freylich einen schönen Stof;
aber ein guter wollner Zeug im Nothfalle, hält desto besser —
Ansehn bey unsern Nebenmenschen, wenns auch nur die Narren
von allen Ständen und Würden sind; hofnungsvolle Aus=
sichten für unsere Kinder; Glücksgüter, womit wir, wenn 20
auch uns selbst nicht mehr, doch andere erfreuen können;
Prunk, der uns umgiebt, und Ehrenbezeugungen, die die me=
chanische Demuth der Menschen ertheilt; kurz, alle Vortheile
und Vorzüge, vor denen der Narr Ehrfurcht hegt, und der
Kluge verstummt, sind auch bey der Wahl einer Verbindung 25
in Anschlag zu bringen.

Jul. Warum wollt' ich dies alles verschmähen? Allein,
alle diese Vortheile, die Sie mir herrechnen, würde kalte Be=
gegnung, Hohn und Spott, die bittersten Vorwürfe meiner
Geburt, vergällen. Ich würde in [297] der Welt seyn, und 30
doch ohne allen ihren Umgang; glücklich scheinen, und nicht
einmal den Schein des Glücks genießen.

Otto. Wenn er Ihnen aber ein besseres Loos zusagte?

Jul. Zusagte? Er sagte mir seine Liebe zu. — Dem
Menschen einmal trauen, ist das so tadelnswerth? Und 35
das erstemal hintergangen werden, zieht das so schreckliche

Folgen nach sich? — Die Gesetze der Ehre verbieten, gegen einen Unbewafneten den Degen zu ziehen: warum ist's nicht unedel, alle Ränke und Kniffe, Versprechungen und Zusagen gegen ein Mädchen zu brauchen, dem die wenige Gültigkeit
5 dieser Gaukelspiele unbekannt ist? Sind nicht die Gesetze zur Vertheidigung des Schwächern gegen die Gewaltthätig= keiten des Stärkern? Und dem Allerschwächsten, dem un= erfahrnen verliebten Mädchen, gegen den Allerstärksten, den wollüstigen Verführer, bleibt auch nicht ein Schatten von
10 Schirm? Es kann nicht für uns gut werden. Der Ge= waltige kauft alles, und der Schwächere muß alles geschehn lassen. — O mein Herr! ich bin in den Klauen unserer jetzigen gesitteten menschlichen Welt gewesen: [298] sich ihr wieder zu vertrauen, hieße, sich von ihr verschlingen lassen
15 wollen. Aber, vergeben Sie mir die Betrachtungen meines Unglücks. Nur Ihre Grosmuth gegen meine Familie, reißt sie mir aus meiner Brust.

Otto. Der Graf verließ Sie, glaub ich, nicht sowohl aus Treulosigkeit, als aus Eigennutz.

20 **Jul.** Wie oft lacht' er nicht der Reichthümer!

Otto. Da er sie nicht hatte! Und ich bin vielleicht selbst Schuld. Ich wollte eine geliebte Nichte mit dem Sohne einer einzigen zärtlichen Schwester glücklich machen. Und daraus kann freylich nun nichts werden.

25 **Jul.** Nun?

Otto. Das gute Mädchen gab mehr aus Gehorsam, als aus Liebe, dem Grafen ihre Hand: sein schlechtes Be= tragen aber gegen Sie, Juliane, ist ihr unüberwindlicher Anstoß.

30 **Jul.** So störe ich noch dazu eine edle Familienabsicht?

Otto. Nein; Sie lösen vielmehr ein armes Mädchen von einer unglücklichen Ehe.

Jul. Ich kann mich nicht, ich unterstehe mich auch nicht, in vieler Rücksicht, eine [299] Vergleichung mit Ihrer Fräulein
35 Nichte zu wagen: aber nie soll mir das Glück seyn, was ihr Unglück werden können!

Otto. Bey Jhnen findt sich schon die Liebe wieder. Zudem soll Jhr Band vor Notar und Zeugen geknüpft werden: und ein einziger Bogen, der freylich hier zu Lande ein wenig theuer bezahlt wird, fesselt sein unbeständiges Herz. Denn nur an Jhrer Seite bleibt er mein Neffe. 5

Funfzehnter Auftritt.

George. Otto. Juliane.

Georg. (nachdem er sich schon eine Weile an der Thüre gezeigt; vor sich) Immer bey dem Kronfeld! Mein Verdacht ist nur zu gegründet. In einer solchen Wirthschaft soll ich mit 10 leben? — Nein; Armuth, Armuth, so weit darfst du mich nicht demüthigen — höchstens Brod vorn Thüren suchen müssen. (geht auf sie zu) Tochter —

Jul. Liebster Vater —

Otto. Gefällts Jhnen nicht bey ihr? 15

Georg. O ja; aber so, wie ich sehe und höre, hat sie alle Hände voll mit sich zu thun. [300] Ich und meine Kleinen würden ihr das Brod aus dem Munde nehmen.

Otto. Lieber Brand, davor keine Sorge! Jhrer wartet ein beßres Glück, und in demselben sollen Sie mit ihr leben. 20

Jul. Mein Vater! nachdem Sie mir Jhre Liebe wieder geschenkt, trennt mich nichts, als der Tod von Jhnen.

Georg. Tochter! es giebt Leute, die aus bloßer Mild=thätigkeit ungerecht werden. Hast du nicht die Pflichten einer Mutter auf dir? 25

Jul. Aber auch die Pflicht, für Jhr Alter zu sorgen.

Georg. Auch Mittel?

Jul. Mittel und Wege genug.

Georg. Was für welche?

Jul. Die Hofnung, daß Gott keinen Gerechten jemals 30 verlassen.

Georg. Diese Hofnung hab' auch ich.

Jul. Warum wollen Sie sich also von mir trennen?

Georg. Damit sie uns nicht zu Schanden werden läßt. In meinem Wohlstande, in dem du mich nur gekannt, wollt' es mir freylich nicht in Kopf, daß es dem fleißigen Mann 5 am Brode fehlen könne. Aber die Er=[301]fahrung in meinem Unglücke zeigte mir die Möglichkeit. Man will nicht gleich das Elendeste, was vorgeschlagen wird, aus Zagheit ergreifen; man harrt also, und mit dem Harren geräth man immer in elendere Umstände; und die Vorschläge zu 10 unserm Unterhalte, die wir von der Barmherzigkeit der Menschen noch erbetteln können, werden immer schlechter: und so verfällt man in das äußerste Elend. Dies ist mein Lebenslauf, meine Tochter, nachdem ich deine Mutter verloren — Warum weinst du?

15 **Jul.** Daß es Ihnen so erging!

Georg. Erging dirs doch besser?

Jul. Vielleicht noch schlimmer! Mangel kann ehren, aber nicht Verführung.

Georg. So laß uns den bittern Kelch geduldig aus= 20 trinken. Was man leiden muß, ist Thorheit, nicht leiden zu wollen.

Otto. Lieber Brand! ich habe Güter und brauche Leute, wie Sie: und wer mir mein Vermögen erhalten und vermehren hilft, der kann sich nicht eher arm nennen, als bis 25 ichs selbst bin.

Georg. Wenn Sie mich dessen würdig erkennen, Ihre Gnade soll an keinen Undank=[302]baren kommen. Und du, Tochter! ist dir Ruhe und Stille lieb, kehre in deine Heimath zurück, und lebe da. Das Gütchen hier, das dir 30 keine hundert Thaler bringt, wenn du und deine Muhme sich noch so sehr quälen, will ich dir mit zwey, ja drey hundert Thalern gern abpachten. — Was willst du hier? — Gnädiger Herr! daß ich ein Mann bin, der seine Sache versteht, weiß Ihr Herr Bruder, der Geheime Rath. Ge= 35 ruhen Sie, mir Ihr Vertrauen zu schenken, so kann ich Vater an meiner Tochter seyn, und ihr mein Versprechen

halten. Sonst muß ich freylich schweigen, aber nicht zu=
sehen.

Otto. (vor sich) O, ihr vorsichtigen Väter! wie scharf seht
ihr, wo nichts ist: ganz natürlich, ihr seht zuweilen nicht,
wo was ist. — Ehrlicher Alter, Ihre Hand! Glatte Worte 5
bringen aus einem Biedermann den Verdacht nicht, und ich
habe deren am wenigsten.

Georg. Ich hab' es Ihnen schon betheuert, und betheur'
Ihnen nochmals —

Otto. Daß Sie wünschten, ich nähme mich Ihrer Tochter 10
nicht so sehr an? Allein sie ist völlig unschuldig; mein
Neffe betrog [303] sie; dieser reichsgräfliche Neffe ist in
meiner Gewalt, nicht, daß ich ihn zwingen könnte, zu thun,
was er nicht wollte, sondern, daß ich ihm sein Unrecht fühlen
lassen kann. Entscheiden Sie: soll ich, oder soll ich nicht? 15

Georg. Gott in Himmel! — Ich kenn' Ihre Familie —

Otto. Meine Familie sind alle Rechtschafne; das übrige
sind Bastarden, deren ich mich jederzeit geschämt habe, und
schämen werde.

Georg. Ich machte mir Ihren Bruder ewig zum Feinde. 20
Er kann mir nicht helfen, aber schaden.

Otto. Das kann ich auch ihm. — Lieber Brand! legen
Sie mir aber das nicht für Stolz auf meine Glücksgüter
aus. Ich will Ihnen nur zeigen, daß ich und Sie das
Misbilligen meiner Verwandten ganz geruhig ansehn können. 25

Georg. Womit verdiente ich diese große Gnade?

Otto. Womit Ihre Tochter diese Begegnung des Grafen!

Jul. Der Graf aber —

Otto. Wie gesagt, will er nicht, so verlier' ich freylich
den Neffen, ich behalt' aber [304] doch die gute Nichte. 30
(George will mit seiner Tochter ihm zu Füßen fallen) Kinder! —
nicht so! Mir ward es eben so unvermuthet gut. Ich
ging in die weite, breite Welt, nicht in die große Welt von
gutem Ton, wo man manche Schurkerey ganz manierlich
abmachen lernt. Nach tausendfach ausgestandnem Elende 35
fand ich an einem ehrlichen Quacker meinen Stecken und

Stab. Ob ich gleich nicht dachte und betete, wie er, so
gewann er mich doch lieb. Er vermachte mir seine Schätze,
und als ich an seinem Sterbebette zweifelte, sie verdient zu
haben, oder sie ihm jemals verdanken zu können, so starb
⁵ er mit den Worten: Nimm dich der Unschuld an, wo du
immer bist: der Hausvater dieser Welt sieht alles, und
kann dir das nehmen, was er dir jetzt giebt, wo du's nicht
thust.

Georg. O mein Herr! ich zweifle auch, daß ichs ver=
¹⁰ dient habe; nein, so viel verdiente ich nicht.

Otto. Sie nehmen es aber doch, wie ich? — Und nun
herein zu eurer Familie! ich will zur meinigen. (George
und Juliane ab)

---

[305]   **Sechzehnter Auftritt.**
¹⁵   **Otto.**

Die meinige wird mich freylich durch die Hechel ihres
Vorurtheils ziehen. Doch, sie hat für mein Geld eine
Ehrfurcht, die sie für meine Rechtschaffenheit hätte, wenn
sie nicht närrisch wäre. — Abgeschmackte Familie!

---

²⁰   **Fünfter Aufzug.**

Ein Saal in Otto Kronfelds Schlosse.

Erster Auftritt.

Elisabeth. Otto.

Otto. Ihr Herz gehört nur einem Unbescholtnen!

²⁵ **Elis.** Ist das der Graf?

Otto. Nein, nein; ganz Recht! — Offenherzig! mich
freut Ihre Denkungsart: aber gute Nichte, auch offenherzig!
es ist eine andere Ursache.

Elis. Liebster Oheim!

Otto. Liebfte Nichte! Der Baron in Gar=[306]ten! — Sie werden roth? Recht gut! Freylich fchlecht für Ihre Ausrede, die Ihnen auf der Zunge fchwebt.

Elif. Nun ja; ich wills Ihnen bekennen, Hochthal war mir nie gleichgültig. Allein, ohne meiner Eltern Einwilligung, und ohne die Ihrige, follt' er nie der Meinige werden.

Otto. Sie wünfchen aber doch, daß ers würde? — Wie? kein rundes Ja darauf? — Liebes Kind! ich habe nichts da= wider, wem Sie Ihr Herz fchenken, nur einem rechtfchafnen Manne!

Elif. Ihre Grosmuth verkann ich nie! Sie haben uns zu viel Proben davon gegeben; aber die Eltern —

Otto. Die Eltern? —

Elif. Doch ich bin eine Thörinn, als vermöchte Ihre Fürfprache, um die ich Sie anflehe, bey ihnen nicht alles.

Otto. Wenn nun nicht?

Elif. So wär' ich nur fo unglücklich, daß Sie für mich nicht Ihr ganzes Anfehn verwenden wollten.

Otto. Was für Anfehn, Fräulein?

Elif. Das Sie verdienen, das Sie haben, das man Ihnen fo gerne giebt.

[307] **Otto.** Gefetzt! könnt' ichs nicht misbrauchen?

Elif. Zum Wohl zweyer Liebenden?

Otto. Ja, gute Nichte! zum Nachtheil des Anfehns von Vater und Mutter.

Elif. Die es einzig und allein auf Sie ankommen laffen.

Otto. Woher wiffen Sie das?

Elif. Ihre Frage fetzt mich in Verlegenheit.

Otto. Und mich Ihre Antwort. Wollt' ich, könnt' ich auch am Ende alles thun, was Sie, liebe Nichte, verlangen; Sie verlören doch dabey —

Elif. Ich?

Otto. Das Vergnügen, Ihren Eltern nicht völlig, wie

Sie sollten, Ihre Dankbarkeit durch Gehorsam bewiesen zu haben.

Elis. Auf solche Art, liebster Oheim, werd' ich unglücklich, da Sie mich völlig überzeugen, daß Sie und meine Eltern
5 nur mein Glück zu machen suchen. Gut! ich will das Schlachtopfer seyn, und wenn's Unrecht ist, zu sagen: ich weiß, daß ichs bin, so bitt' ich um Vergebung. Man solls nicht wieder hören.

[308] **Otto.** So eine poetische Nichte verlang' ich nicht.
10 Entdecken Sie Ihr Herz Ihren Eltern; aber ohne den beleidigenden Zusatz, daß ich Ihre Liebe schon gebilligt. Es möchte sonst heissen: es thut nichts.

Elis. Aber Sie unterstützen doch meine Bitte?

Otto. Mit der meinigen! Und hilfts nicht, mit dem
15 Rath — zu gehorchen.

Zweyter Auftritt.
Paul. Elisabeth. Otto.

Paul. Der Graf. (und ab)

Otto. Läßt sich gar melden! — Fräulein! ich vermuthe,
20 er wird mir ein Aehnliches eröfnen. Wollen sie dabey seyn?

Elis. Um alles in der Welt nicht! (ab)

Dritter Auftritt.
Otto. Mannhof.

Otto. (vor sich) Warum sonst? — desto besser! —
25 Graf! welche Bestürzung?

Mannh. O, mein theuerster Oheim! Treu und Glauben, Zärtlichkeit und Freund=[309]schaft sind Spielmarken, die der Leichtsinn heute gelten läßt, morgen nicht.

Otto. Und was weiter?

30 **Mannh.** Ho! ich erlebe die unerhörteste Untreu —

Otto. Graf! mir ist nichts unerhört.

Mannh. Aber dies, was ich Ihnen entdecken muß, gewiß! Sie wissen, wie sehr ich das Fräulein liebte —

Otto. Ich weiß es, weil Sie mirs sagten: kann ich Ihnen aber ins Herz sehen? Doch die Untreu! die Untreu!

Mannh. Die niedrigste, die hämischste, die ich kenne. Ich komme zu dem Fräulein, voll von meiner Liebe, und ohn' allen Zweifel an ihrer Gegenzärtlichkeit: werfe ihr nicht vor, wie sehr sie mit dem Hochthal liebäugelt, immer zusammen ist, und wenn ich sie überrasche, nicht weiß, ob sie vom Wetter, oder von Zeitungen mit mir reden soll. Nein, aus lauter Gefälligkeit und Vertrauen zu ihr, entschuldig' ichs in meinem Herzen; erwähne nichts davon, gedenke nur des Tags, da unsere Herzen ein ewiges Band knüpfen soll. Rathen Sie die verbindliche Antwort darauf.

[310] **Otto.** Daß sie sich auch freute?

Mannh. O, viel unerwarteter!

Otto. Warum soll ich lange rathen?

Mannh. Können Sie glauben, unter einer Brühe von Entschuldigungen und Erklärungen über die Macht ihrer Eltern, thut sie mir das unverstellte Geständniß: sie liebe mich nicht.

Otto. Sie nicht? Sie nicht! — Arg, aber nicht unerwartet.

Mannh. Kömmt noch ärger. Sie liebe Hochthalen —

Otto. Noch weniger unerwartet!

Mannh. Und habe mich nie geliebt, sondern Hochthalen.

Otto. Unerwartet für Sie, Neffe; für mich wahrlich nicht!

Mannh. Ich sehe der Ungetreuen ins Gesicht; sie entfärbt sich ein wenig, fährt aber fort — So was glauben Sie nicht.

Otto. Warum nicht? Mein Glaube ist gros. Sie wird Ihnen gesagt haben, Sie hätten nicht mehr auf Sie zu rechnen.

Mannh. Natürlich! aber der Zusatz! —

Otto. Sie wolle Ihnen Abtrittsgeld geben? — Viel?
Wenig?

[311] **Mannh.** Nein, ich sollte bey Ihnen, mein Oheim, bey
ihren Eltern ihr Vertheidiger und Vorbitter obendrein seyn,
5 deren Zorn sie nach dieser Erklärung befürchte.

Otto. Und Sie kommen, für sie zu bitten? — Weil
Sie's sind, laß ich mich erbitten. — Das ist doch natürlich?

Mannh. Gern hätt' ich meinen Aerger in eine solche
Spötterey gekleidet. Aber mein Tadel fand nicht gleich
10 die rechte Bitterkeit. Indem tritt Hochthal herein; sagt, er
habe ganz erfreuliche Nachricht für sie: wie aber der Narr
immer geheimnisvoll ist, nicht in meiner Gegenwart. Sogleich schlüpft sie aus meiner Hand, mit der ich sie hielt,
in die seinige, an der Thüre mir noch zurufend: Sie sind
15 zu grosmüthig, meine Bitte nicht zu erfüllen.

Otto. Die hat Vertrauen zu Ihnen!

Mannh. Tritt nicht dieses falsche Geschlecht alles, was
heilig ist, mit Füssen? Unsere Liebe, unsere Bemühungen,
Betheuerungen und Eidschwüre hält es nur für einen Nach=
20 tisch, den man seiner Eitelkeit auftragen soll. Ohne wahres
Mitleid, ohne alle Rücksicht, welchem Verdrusse ein recht=
schaf=[312]ner Mann durch ihre Wankelmuth ausgesetzt ist,
flieht es, wie Wespe von Blüte auf Blüte, und sticht, was
sie daran hindert.

25 **Otto.** Gut gekehrt vor eines Andern Thüre!

Mannh. Eine schwarze, eine abscheuliche That!

Otto. (nachdem er ihm starr ins Gesicht gesehn; vor sich)
Mir schreibt der Schöpfer sehr unleserlich.

Mannh. Warum mir so lange ihre Abneigung zu ver=
30 heelen? warum mir sie nicht gleich in allen Blicken merken
zu lassen?

Otto. Ganz wahr! aber das Herz eines Frauenzimmers! —
heut so, morgen anders!

Mannh. Nicht das edle Herz! — O! der Schöpfer
35 hat mehr, als Eine Tugend, womit er uns glücklich macht.

Nicht bloßer blinder Instinkt! Gefälligkeit, Freundschaft,
Geduld, Nachgebung und Ueberlegung machen die wahre
eheliche Glückseligkeit.

Otto. Brav, mein lieber Neffe! in meine Armen! Sie
denken, wie Sie sollen! Freylich unrecht vom Fräulein; 5
aber Sie vergingen sich auch, guter Neffe! Doch recht be=
trachtet, bin ich Schuld an beydem. Also keine [313] Vor=
würfe! Sie denken an das Fräulein nicht mehr?

Mannh. Werd' ich nicht müssen, wenn sie keine andre
Pflicht kennt, als Befriedigung ihrer Phantasie? 10

Otto. Nicht gerichtet, so werden wir auch nicht gerichtet!
Danken Sie Ihrem guten Geschicke, daß es so gekommen.
Das Fräulein kann zu ihrer alten Liebe zurückkehren, und
Sie — zu der Ihrigen. Sie ist ein Engel.

Mannh. Mein Oheim! ich weiß nicht — 15

Otto. Wie ich Ihre Liebe erfahren? Was liegt daran?
Genug, so ein Mädchen hätt' ich auch geliebt.

Mannh. Ich bin, wie versteinert.

Otto. Ich meyne nicht Elisabeth Kronfeld; ich meyne
Juliane Brand. 20

Mannh. Welche! —

Otto. Welche Ihre Geschenke ohne Sie verachtet, verflucht.

Mannh. Ich habe Sie auf meine Ehre versichert, daß
ich sie allein vom Baron Fallhorn her kenne, daß ich ihr
Geld aus Barmherzigkeit schenkte, und es nur in der Absicht 25
von Ihnen zurück nahm, um es ihr mit besserer Manier
nochmals zuzustellen.

[314] **Otto.** So windet und dreht sich ein Bube, der die
Ruthe seiner Mutter fürchtet. Warum einen Fehler der
Zärtlichkeit nicht gestehn? 30

Mannh. So gesteh' ichs Ihnen, mein Oheim; aber nur
ihr Eigensinn setzte sie in schlechte Umstände; sie verachtete alle
Güte, alle Grosmuth.

Otto. Grosmuth?

Mannh. Liebster Oheim! das Verhältnis zwischen mir und dieser Kreatur! — Meine Mätreſſe! — Nach den Geſetzen darf ſie mir gar nichts fordern, als die Erziehung des Kindes: und ich bot ihr nicht nothdürftigen, ſondern 5 reichlichen Unterhalt an.

Otto. Begehn Sie auf der Landſtraße Todſchlag, und es kömmt nicht heraus: Sie ſind frey! Schrieb aber Gott in Ihr Herz kein anders Geſetz, als das unvollkommenſte, unzulänglichſte der menſchlichen Geſellſchaft? Lieber ein 10 öffentlicher Räuber und Mörder, als ein Mann, der unterm Deckmantel der Geſetze raubt und ſtielt.

Mannh. Sie ſind erhitzt, und ich — Ihr Neffe.

Otto. Und Sie — gewiſſenlos! — Nach den Geſetzen darf ſie mir gar nichts fordern! [315] — Ihr geſetzmäßigen 15 Böſewichter! — Aber Sie haben Recht, ich habe zu viel Wallung. — Paul, Paul — Paul!

Mannh. (geht an die Thüre, und ruft noch ſtärker) Paul, Paul!

Vierter Auftritt.

20 Paul. Mannhof. Otto.

Paul. Was befehlen Sie?

Otto. Ein Glas Waſſer, (und da er faſt an der Thüre iſt) und ein Niederſchlagpulver.

Mannh. (kaum ſich noch vor Zorn haltend) Es thut mir 25 leid —

Otto. Auch erzürnt? Verbißner Zorn iſt noch ſchäd= licher, als Jachzorn. — Für den Grafen auch eins!

Mannh. Meine Unſchuld dient mir ſtatt aller Pulver.

Otto. Ihre Unſchuld! — Nein; darauf gehört ſich ein 30 Brechpulver. (ab)

Fünfter Auftritt.

Mannhof. (äußerst bitter)

Cher Oncle, cher Oncle! Ihnen beliebt [316] auch nicht mehr davon? Mir auch nicht! Der Teller war längst bey mir! — Aber allen Respekt für Ihr Vermögen — eine Zumuthung dieser Art! — Blitz! wären Sie nicht der amerikanische Onkel, ein paar Kugeln!

Sechster Auftritt.

Anheim. Mannhof.

Anh. Ihr Oheim begegnete mir, und ist äußerst unwillig auf Sie.

Mannh. Ich auch auf ihn. — Will er mir nicht gar ein durch meine Hand schon gegangenes Möbel anmoralisiren. Im Ernst! möchte ich nicht alle Geduld über eine so ehrlose Zumuthung verlieren?

Anh. So soll Juliane auch ausrufen; denn sie nimmt nicht Geld.

Mannh. Nicht? Wenig freylich nicht; aber recht viel? Doch zu viel, ist zu viel. Was ich wollte, will nicht jeder Andere. Ein wenig prellen laß ich mich gern vom andern Geschlechte, aber nicht plündern. Und das ist ihre ganze Absicht. Darum spielte sie bisher die Züchtige, die Spröde, und nun die Klätscherin. Sehn Sie, Anheim, den [317] Dank für unsern guten Willen! Aber so gut ich gewesen, so schlimm bin ich auf einmal geworden. Ich schickte meinen Kammerdiener mit des Gerichtshalters Schreiber in voriger Nacht ab. —

Anh. Um? —

Mannh. Um das Gesindel aufzuheben, und in die Stadt zu bringen. Da machen sie sie entweder zu ihren Frauen, oder schaffen sie an einen sichern Ort, wo sie gewiß Niemands Glück weiter unterbrechen sollen. — Ihre Billigung hat's nicht, seh' ich: Sie sind aber doch ausser Schuld, geht's nicht gut.

Anh. Diese Gewaltthätigkeit kann Ihnen theuer werden.

Mannh. Ein paar tausend Thaler? Und damit setzt man was Ehrliches durch.

Anh. Nur nicht bey Ihrem Oheim, dessen Galle Sie
5 gewiß erregen.

Mannh. O! die Menscher werden mit List aus ihrem Hause gelockt, in den Wagen geworfen, und allo! fort!

Anh. Wissen Sie denn nicht, daß Juliane nun Vater und Bruder bey sich hat?

10 **Mannh.** Nein; ich war gestern nicht [318] bey Spiel und Abendessen, und ließ mich mit Unpäßlichkeit entschul=
digen. Man fand's auch ganz natürlich; geärgert hatt' ich mich.

Anh. Versprachen Sie nicht, Julianen in Ruhe zu lassen?

15 **Mannh.** Und sie mir, meinem Oheim nicht zu plaudern?

Anh. Unverholen! ich plauderte es.

Mannh. Sie?

Anh. Er drang in mich, und ich hielt' es für das Beste.

Mannh. Sie?

20 **Anh.** Ja, ich.

Mannh. Keinen Scherz jetzt! — Vielleicht aber wollen Sies auf sich nehmen, um die Plaudertasche nicht so schwarz werden zu lassen? — Wenn das; wenn Sie mit ihr Mit=
leiden, Erbarmen haben, so sey's! Aber nur gegen meinen
25 Oheim kein Geheimniß daraus! Er möchte gern Ihr Glück machen. — O Freund! wenn wirs beyde hier noch fänden!

Anh. Wie verstehn Sie das?

Mannh. Wenn Juliane — die Ihrige würde!

Anh. Im Ernst! möcht' ich nicht über eine so ehrlose
30 Zumuthung alle Geduld verlieren?

[319] **Mannh.** Vergebung! ich habe Unrecht. Ich schloß es aus der Behauptung, daß Sie meinem Oheim alles entdeckt.

Anh. Ich hab' es auch, Graf!

Mannh. Sie? Sie?

Anh. Ist das ein Verbrechen?

Mannh. (höchst bitter) Eine Gefälligkeit, ein Dienst.

Anh. Zum wenigsten darum von mir geschehen.

Mannh. Sie, Undankbarer, Meineidiger, der meine 5
Gnade mißbraucht, und für meine Wohlthaten mir Undank
giebt.

Anh. Gnade! Wohlthaten! mir? — Sie phantasieren.

Mannh. Und daß Sie's im Genusse schon vergessen,
deckt Ihr abscheuliches Herz auf.   10

Anh. Mit wem reden Sie denn?

Mannh. Mit dem, der meine gute Absichten, die ich
aus Mitleid für eine Närrinn hege, dem verräth, der mich
gar für kindisch hält. Verdienen Sie wohl, daß ich das
Geringste an Ihnen gethan?   15

Anh. Was denn mehr, als Ihren Kontrakt erfüllt?

Mannh. Geb' Ihnen einen ansehnlichen [320] Gehalt;
mache Sie zum Vertrauten meiner Angelegenheiten. Tafel,
Keller, Stall, alles steht Ihnen zu Dienste, wie mir.

Anh. Sogar Jahr aus Jahr ein Ihre Gesellschaft! die 20
hat auch ihr Angenehmes. Muß ich nicht wenden und
drehen, daß wir vor der Welt bey Ehren bleiben?

Mannh. (zieht den Degen) Hämischer!

Anh. (tritt zurück, und zieht auch) Ist das Ihre ganze
Antwort?   25

Mannh. Wie? gegen mich gar zu ziehn?

Anh. Ziehn Sie nicht gegen mich?

Mannh. Ich bin der Graf Mannhof. Sie werden das
Verhältniß zwischen mir und Ihnen nicht vergessen.

Anh. Ich bin Anheim; das Verhältniß zwischen An= 30
greifer und Vertheidiger nicht zu vergessen.

Mannh. Unverschämter! ich stoß Ihnen den Degen
durch den Leib.

7*

Anh. Wenn Sie können.

Mannh. Wär's nur nicht hier.

Anh. So wär's wo anders.

---

[321]   **Siebenter Auftritt.**

5   Hans. Maria. Mannhof. Anheim.

Mar. (fährt erschrocken zurück) Gottes Barmherzigkeit! — Graf — Anheim! Anheim, gegen einen Grafen?

Hans. In dessen Brod und Lohn Sie stehn! Wider alle Subordination! wider allen Respekt!

10 **Mar.** Sein hoher Stand —

Anh. Nur gegen seine Person, vor der meine Person nicht sicher ist.

Mannh. Ich schäme mich nur vor Ihnen, gnädige Frau! (zu Anheim) Ich befehle Ihnen, stecken Sie ein!

15 **Anh.** Ich habe die Ehre zu folgen.

Mar. Herr Graf, seyn Sie der Klügste, und setzen Ihr theures Leben nicht der Gefahr aus.

Hans. Herr Anheim, wissen Sie wohl, daß sich ein Graf mit keinem Bürgerlichen schlagen darf?

20 **Anh.** Desto unbesonnener von ihm, daß er gegen mich zog.

Hans. Müssen Sie gleich wieder ziehn? [322] Die Nothwehr kömmt Ihnen hier nicht zu statten; denn man ersticht nicht gleich.

Anh. Davor ist mir auch nicht bange.

25 **Hans.** Desto schwerer Ihre Verantwortung. Sie sollten ein Beyspiel von Gelassenheit und Mäßigung geben.

Anh. Und doch auch seiner Ausgelassenheit vorbeugen? — Mein Herr Geheimer Rath! in unsern Zeiten muß man sich auf beydes verstehn, auf Vernunft und blanken Degen.

30 **Mar.** (leise zu Anheim) Wollen Sie des Grafen Gnade nicht verscherzen, gehn Sie gleich zu ihm, bitten Sie ihn

fußfällig in unserer Gegenwart um Vergebung. Meine Für=
sprache soll das Uebrige thun.

Anh. Meine gnädige Frau! dieses hohen Schutzes bin
ich unwerth.

Mar. Das wollen Sie nicht? — Nun, so stürzen Sie 5
sich in Ihr zeitliches und ewiges Unglück, und in — meine
Ungnade.

Mannh. (der mit Hans allein gesprochen, und den Degen
einsteckt) Sie sollen Ihre Vergehung schon anders fühlen.

Anh. (steckt auch ein) Versteht sich so! (ab) 10

---

[323] **Achter Auftritt.**

Otto. Hans. Maria. Mannhof.

Otto. (heftig) Graf, Graf! das kömmt alles von Ihnen.

Mar. Was denn, Herr Bruder?

Otto. Ach! ich rede mit ihm — Man ist bey Julianen 15
eingebrochen; man hat die beyden Frauenzimmer mit Gewalt
fortgeschleppt.

Hans. Lieber Bruder! werden die Leute gekrigt, mein
Ansehn soll sie in die Karre bringen.

Mar. Was kann aber der Graf dafür? 20

Otto. Was er dafür kann? Er hats angestiftet.

Mar. Unwahrheit!

Otto. Graf — Antwort — Antwort! — Wollen Sie's
leugnen? O! Vater und Bruder haben gleich Lermen ge=
macht; das ganze Dorf hat ihnen nachgesetzt: und bey Gott! 25
ich will diese Schurken behandeln, daß sie es Ihnen vor
Gericht unter die Augen sagen sollen. Je mehr Sie sie ver=
folgen, je mehr mach' ich mirs zur Pflicht, sie zu verthei=
digen. — Beym Himmel! nach dem strengsten Rechte laß
ichs untersuchen; ohne alles Ansehn der Person! 30

[324] **Mannh.** Ich weiß, daß so was geschehen; aber ich
weiß auch, daß ihnen nichts zu Leid geschieht. Nur nach

der Stadt werden sie gebracht. — Es war Unrecht, höchst Unrecht, ohne Ihre Erlaubniß es zu thun; ich bereu's.

Otto. Sie bereuen's. Aber was! was!

Mannh. Alles, was Sie dabey beleidigen kann; und
5 bin bereit, unter jeder Bedingung es wieder gut zu machen, die in meinem Vermögen steht.

Otto. Nur unter einer, unter der, geben Sie Julianen Ihre Hand, sobald sie wieder da ist.

Mannh. Sie zu heyrathen? sie zu heyrathen?

10 **Otto.** Unter diesem Versprechen allein verführten Sie sie.

Mannh. Sie lügts.

Otto. Wenn ich Ihnen nun Ihre Hand zeige?

Mannh. So scherzt' ich.

Otto. Graf, keine neue Erbitterung!

15 **Mannh.** Und mir keine Beschimpfung! — Soll ich auf diese unedle Art mein Glück machen? lieber gar keines!

[325] **Otto.** Auch dieser Grille helf' ich ab. Juliane soll in Grafenstand erhoben werden.

Hans. Das ist keine so leichte Sache, Herr Bruder!

20 **Otto.** Es koste, was es wolle.

Hans. Als wäre alles für Geld zu haben, ihr Herren mit Gelde!

Mar. Und wissen Sie nicht den himmelweiten Unter=schied zwischen altem und neuem Adel?

25 **Otto.** Ich gebe sie für meine Tochter aus, und sage, daß ich mein Vermögen nicht eher ins Land bringe, als bis man mir sie zur Gräfinn erklärt. Anders sollen Sie nicht Wort halten. — Nun?

Mannh. Das Fräulein von Kronfeld ist schon so gut,
30 als meine Verlobte. Nur ein Ehrvergeßner bricht Wort und Gelübde.

Mar. Edel gedacht!

Otto. Die liebt Sie nicht mehr.

Neunter Auftritt.

Paul. Otto. Hans. Maria. Mannhof.

Paul. Gnädiger Herr! (will ihm ins Ohr sagen)

[326] **Otto.** Was ist da zu flistern? Laut!

Paul. (zu Mannhof) Man hat Euer Hochreichsgräflichen 5 Gnaden Kammerdiener mit dem Schreiber unsers Gerichts=halters gebunden eingebracht.

Otto. Und doch auch in recht sichere Verwahrung?

Paul. Ja, gnädiger Herr; aber eine Fürbitte! der Förster und die beyden Bauern Krack und Holt haben sie 10 ein wenig abgebläut, weil sie nicht gleich von den Frauen=zimmern los lassen wollen.

Otto. Dafür gieb jedem zehn Dukaten, und Essen und Trinken vollauf. Man soll erfahren, daß ich Herr bin. — Wo sind aber die armen Frauenzimmer? 15

Paul. Die sind mit eben der Kalesche zurück gekommen, in der man sie wegbringen wollen.

Otto. Führe sie in den rechten Flügel, in die besten Zimmer; und laß Vater und Brüder mit meinem Wagen zu ihnen holen. (vor sich) Alter! ich kann nichts davor, und 20 die Bestrafung dieser Schurken wird mich rechtfertigen. (Paul ab)

[327]
Zehnter Auftritt.

Hans. Otto. Maria. Mannhof.

Hans. Lieber Bruder! der Graf ist dein Neffe; folglich 25 von deiner Familie. Seine Familie muß man ehren; folglich mußt du deine Familie ehren. Ehren verträgt sich aber nicht mit Verklagen; folglich darfst du ihn nicht verklagen. Ver=klagst du ihn nicht, so kanns auch nicht untersucht werden. Das wollt' ich dir nur beweisen. 30

Otto. Und ich kann dir beweisen, daß ein schlechter Mensch nie zu unserer Familie gehört.

Hans. Schwer, Bruder! du hast keine Logik, und es

gehört viele Logik zu einem schönen Trugschluß; denn er
beruht —

Otto. Auf einer Wahrheit, und Wahrheit ist ein Brunnen,
woraus manr mi tnu Sieben schöpft.

5 **Hans.** (sehr ernstlich) Was das nun wieder ist! Hättest
du noch gesagt, mit Löffelchen.

Otto. Mit Löffelchen oder Sieben! Er muß Julianen
heyrathen, oder ich mag von ihm nichts mehr sehen noch
hören.

10 **Hans.** Du wolltest ja dein Vermögen [328] nicht ver=
splittern, noch an Fremde kommen lassen?

Otto. Sind du und deine Kinder Fremde?

Hans. (vor sich) Da muß ich einen Staatsstreich machen.
— Du bist ein sehr gütiger Bruder, das weiß die ganze
15 Welt, und unsere ganze Familie. Wer dich sieht, bewundert
dich; wer dich hört, der schätzt dich, und wer dich kennt,
der rühmet dich.

Otto. (etwas spöttisch) Nun, gnädige Frau — (bemerkt,
daß der Graf eben vor ihr niedergekniet ist) Lassen Sie sich
20 nicht stören.

Hans. Es ist doch wahr, jedermann thut gern, was du
willst. — Nur meine Tochter ist eine Närrin, und liebt
den Hochthal.

Otto. Gieb sie ihm, wenn er sie wieder liebt.

25 **Hans.** Aber sie blos nach deinem Willen zu verheyrathen,
hab' ich dir zugesagt.

Otto. Brich deine Zusage; das ist Kleinigkeit.

Hans. Nein, mein Wort ist mir heilig.

Otto. Das Heilige wird am ersten gebrochen.

30 **Hans.** Von mir nicht! Was ich sage, hab' ich gesagt.
Wär's aber dein Wille, so wär's mir auch recht.

[329] **Otto.** Bruder, du sprichst so weise, als säßest du
schon aufm Präsidentenstuhle.

Hans. Bist du's also zufrieden?

Otto. Sehr gern!

Hans. (vor sich) Wie ich doch alles durchsetze! — Aber, wie machen wirs mit Hochthals Grosmutter? Ist nicht alles dabey nach ihrem Kopfe, so vermacht sie ihr Vermögen eher einem Stockfremden, als ihrem Enkel.

Otto. Wider des geheimen Raths von Kronfeld Fräulein Tochter wird sie Einwendungen haben? Bedenke doch! Nein, nein; ihre Wunderlichkeit verlangt Nahrung, nicht Opfer.

Hans. So wäre ja alles, wie's seyn sollte.

Otto. Halt! bis auf deine Frau! die ist nicht das fünfte Rad am Wagen! Sie ist deine Frau; eine der klügsten Damen am ganzen Hofe; und ich ging nie an Hof. (ab)

---

[330]   **Eilfter Auftritt.**

Hans. Maria. Mannhof.

Hans. (vor sich) Alles bürdet man mir auf. Wenn ich nun nicht wäre!

Mar. Lieber Gemal! der Herr Graf hat mir alles gestanden; einige Leichtfertigkeiten freylich mit darunter. Aber wie Ihr Kavaliere nun seyd: die Kunst zu lieben, ist bey euch die erste Kunst. Sie habens vielleicht nicht besser gemacht, Herr Gemal; und also — — —

Hans. (sehr ernsthaft und nachdenkend) Ich — ich — Herr Graf — ich für meine Person — ich habe alle Ehrfurcht für Sie — allein, wie Sie sehn und hören —

Mar. O! über den vergeht mir Hören und Sehn. Der Tollkopf will alles nach seinem närrischen, abgeschmackten, plumpen Eigensinne. Schämen muß man sich seiner. Lieber Gemal, ich hoffe, du wirst ihm einmal recht durch den Sinn fahren, seine Narrheit verweisen, und ihn von ferneren Beleidigungen gegen den Grafen abhalten. Er [331] weiß viel von Ehre; und sein Eifer für diese Juliane wird mir nur selbst verdächtig.

Hans. Alles wahr und richtig, meine liebe Gemalinn; aber, lieber Neffe, der Heyrath wegen wendeten Sie sich stets an meinen Bruder; nun müssen Sie's auch ferner. Ich gab ihm einmal für allemal das Vergnügen, bey meiner 5 Tochter Vaterstelle zu vertreten, und sie zu verheyrathen.

Mannh. Sie hören aber doch, swelche Erniedrigung er von mir verlangt.

Hans. (zuckt mit den Achseln) Gleichwohl kann ich mein Wort nicht brechen, noch meine Tochter zwingen.

10 **Mar.** Allerdings. (zu Hans leise) Wär' ich nicht gezwungen worden, Sie hätten mich auch nicht.

Hans. Wollte Gott! so hätt' ich bey meinem schweren Amte für Sie und eine große Familie nicht zu sorgen, die überstandesmäßig aufgehn läßt.

15 **Mar.** Wie? Ihrer Gemalinn das unter die Augen? die Ihnen so viel Ehre in der Welt macht? — Nur Sie nicht, sonst prei=[332]set und rühmt jedermann die Geheimeräthin von Kronfeld.

Hans. Um des Geheimenraths von Kronfeld! Wie sauer 20 dem der königliche Dienst wird, weiß sein ganzes Departement. Alle meine Kriegsräthe wundern sich auch, daß ich vor großer, vieler Arbeit noch lebe.

Mannh. (vor sich) Ein Ehepaar oder zwey Höckerweiber machen einerley Getöse!

25 **Mar.** Nein, Herr Graf; ich werde meine und Ihre Ehre zu behaupten wissen.

Hans. Lieber Neffe, mein Bruder will nun nicht anders: Sie kennen ihn ja.

Mannh. (zu Marien) Die Ehrfurcht vor meinen Oheimen, 30 bringt mich um die Genugthuung, die ich fordern müßte. Sagen Sie ihnen aber, gnädige Frau: in Europa geht Ehre über Reichthum. (ab)

Zwölfter Auftritt.

Hans.   Maria.

Mar. Edel! groß! — aber du, du [333] denkst nicht so: nimmst lieber einen Baron, als einen Grafen zum Schwiegersohn.

Hans. Aus vielen Gründen. Denn ohne Grund thu' ich nichts. Erstlich, wie du gehört, will mein Bruder einmal so; und wenn der einmal will, so will er recht.

Mar. Die andern Gründe schenk' ich dir.

Hans. Zweytens, ist der Baron aus einem alten frey= herrlichen Hause, zählt zwey und siebzig Ahnen, darunter, wie seine Grosmutter hundertmal versichert, drey Patrioten sind, die zwölf Ordensbänder auf einmal trugen; folglich ist es besser, als ein reichsgräfliches Haus, dessen Urgros= vater noch Kaufmann war, der, unter uns gesagt, den reichs= gräflichen Tittel für seine vorgeschoßne zweymal hundert tausend Gulden erhielt.

Mar. So?

Hans. Und, meine liebe Gemalinn! der dumme Pfeffer= sack soll noch geflucht und gewettert haben über eine so gnädige Zahlung; soll vor Aerger krepirt seyn, da ihm keine Bank in Europa auf seinen Adelsbrief leihen wollen.

[334] **Mar.** Warum sagtest du mir das nicht eher?

Hans. Weil ein Weiser alles zur rechten Zeit sagt.

Mar. Ja, wenns so ist, lieber Gemal, so muß man die Sache gehn lassen, wie sie geht.

Hans. Drittens, reiflich überlegt, ist der Baron reicher, als der Graf. Jetzt hat der Baron zwar so viel, als nichts; aber stirbt seine Grosmutter, so ist er der reichste Kavalier im Lande.

Mar. Immer nur Reichthum! Wie pöbelhaft!

Hans. Und viertens, enterbt mein Bruder den Grafen, so erbt unser Haus desto mehr.

Mar. Daß er dich nur nicht hintergeht!

Hans. Mich? — hm, hm! wenn man so was nicht
einzufädeln und auszuführen müßte. — Sieh, liebe Gemalinn! so geb' ich meinem Hause neues Ansehn und
neuen Glanz.

5 [335] **Mar.** Du bist wirklich ein großer Mann, von großen
Aussichten. Ich habe nichts dabey zu erinnern; nur gleich
Anstalt gemacht zu einem schönen Zug von sechs Grau-
schimmeln, einem paar Heyducken, und einem Läufer.

Hans. Liebe Gemalinn, mit der Zeit! Diese Kleinigkeit
10 bis zur letzt!

Mar. Die Welt, Herr Gemal! die Welt, Herr Gemal!
sieht auf das blos, was Sie Kleinigkeit nennen: und große
Männer, große Frauen leben für die Welt.

Hans. Je, ja; aber still! das Brautpaar! die schickt
15 gewiß der Bruder. Er schmidet das Eisen, weils warm ist.

Dreyzehnter Auftritt.
Hochthal. Elisabeth. Maria. Hans.

Hochth. (zum Hans) Darf ich mir endlich schmeicheln —

Elis. Gnädige Mama! ist es keine falsche Hofnung,
20 die uns der Oheim gemacht?

[336] **Mar.** Nein, Kind! — Herr Baron, Sie haben sein
und unser Jawort.

Hans. Kinder! da es mit dem Grafen so so ist, so
habt Ihr unsern Segen. Eh' es aber so weit kam, kostete
25 es mich viel Hin= und Herdenken; denn ich mußte manche
Dinge erst ganz ins Reine bringen. Gott sey Lob! daß
ichs nach Euerm und meinem Wunsche vollbrachte. Ihr
habt gelacht und geküßt; indem ich mir den Kopf zerbrochen.
Je nun, nun! ich bin einmal zum Joche geboren. — Lebt
30 glücklich, und genießt, was ich ersorgen müssen.

Hochth. Dies Geschenk werd' ich als das heiligste meines
Lebens ansehn.

Elis. Und mein Dank und Gehorsam soll mit dem
Tode selbst nicht aufhören.

Vierzehnter Auftritt.

Otto. Hochthal. Elisabeth. Maria. Hans.

Otto. Schwester! — meine liebe Schwester! Mir war bänger vor Ihnen, als ich seh', daß es nöthig ist.

[337] **Mar.** Ich kann Ihnen aber nicht bergen, ich bedaure 5 den Grafen.

Otto. Ich noch schlechtere Leute!

Mar. Was Sie ihm zumutheten, war so niedrig —

Otto. Nicht niedriger, als sein Vergehn. Doch, genug von dieser ärgerlichen Sache! Unser schöne Neffe läßt ein= 10 packen. Glückliche Reise! Zu mir braucht er sich nicht wieder zu bemühen; meinen letzten Willen soll er in vidimirter Abschrift haben.

Mar. Und das, Herr Bruder! je eher, je lieber. Hat man sein Zeitliches besorgt, so ist man zur großen Reise in 15 die Ewigkeit stets bereit.

Otto. Die ich aber doch so lang', als ich kann, ver= schieben will.

Hans. Herzens Herr Bruder! leb' so lang', als Gott will.

Mar. Und werden Sie so alt, wie Melchisedech. 20

Otto. Da du durch die juristische Schule gelaufen, so setze das Testament selbst auf, und verklausulir es, so gut du kannst. Nur mir einen Gefallen dabey!

[338] **Hans.** Alles, was dein Herz begehrt.

Mar. Wir trügen Sie auf den Händen, hätten Sie 25 nur nicht so viel Vorurtheile, und schickten sich ein wenig in die große Welt.

Otto. Nehmt Julianens Kind — zu euerm Sohn an.

Mar. Wie, Herr Bruder? Ich einen Bastard unter meinen Junkern und Fräulein? Gott soll mich bewahren! 30 Ich würde mit meinem ganzen Hause zum Stadtmärchen.

Hans. Liebe Gemalinn —

Mar. Und Sie rührt das gar nicht? Den Balg in meine Familie?

Otto. Wenn ihr nicht wollt — meinethalben! Aber ein Sechstel meines Vermögens muß er haben. Willst du wenigstens nach meinem Tode sein Vormund seyn?

Hans. Von Herzen gern — Frau Gemalinn! die
5 Zunge muß der tiefen Ueberlegung keinen Vorsprung thun.

Mar. (zu Hans leise) Nur nicht gehofmeistert, Herr Gemal! — Also sind meine Kinder nicht besser, als der Bube? — Herr Bruder, was wird die Welt zu einem solchen Testamente sagen?

10 [339] **Otto.** Kümmert Sie das, gnädige Frau? Mich nicht.

Mar. Mich gar sehr. Sie wird sagen — daß Sie der Vater dazu sind.

Otto. Gewiß? Nun so will ich thun, was ein solcher Vater thut es adoptiren. Die Lüge wird um so wahr=
15 scheinlicher.

Hans. (zu Maria) Da haben wirs! Wissen Sie, was adoptiren heißt, gnädige Frau! An Kindesstatt annehmen. Und dann kein Testament machen? die schöne Erbschaft zersplittern, und mir Processe über Processe auf den Hals
20 laden. Ich habe wohl nicht Sorgen genug? — Lieber Bruder! Weiber sind Weiber. Wenn ich in deinen Vor= schlag einwillige, bist du zufrieden?

Otto. Ja.

Hans. Schlag ein, Bruder.

25 **Otto.** So bist du, oder deine Kinder, mein Universal= erbe. Denn es könnte leicht kommen, daß du dich eher zu Tode arbeitest, als ich stürbe. Das Gut aber, wo Juliane ihr Häuschen hat, bekömmt von jetzt an ihr Vater erb= und eigenthümlich.

30 [340] **Hans.** In Pacht? der Brand ist auch ein guter Landwirth.

Otto. Nein, nein; zum Besitz, zum ewigen Eigenthum.

Mar. Zu viel, ist zu viel.

Otto. Und zu wenig, ist nichts. Alles übrige bleibt euch ja.
35 Wie müßtet Ihr denn thun, wenn der Graf die Hälfte erbte?

Hans. (zu Maria) Er nimmt keine Vorstellung an: also ist Schweigen das Beste. — Weiter kömmt doch in dein Testament nichts?

Otto. Nein.

Mar. Auch nichts wegen Ihres Leichenbegängnisses?

Otto. Ja; nach meinem Tode soll man sorgen, daß die Würmer sich nicht an mir krank essen.

Mar. (vor sich) Der rohe, ungeschliffne Mann!

Funfzehnter Auftritt.

Anheim. Otto. Hochthal. Elisabeth. Maria. Hans.

[341] **Otto.** Sie wollen uns gewiß sagen, daß der Graf fort will?

Anh. Mit nichten; ich allein will mich beurlauben. Der Graf und ich sind nicht mehr beysammen.

Otto. Wie das?

Anh. Ich sagte ihm vorhin, daß ich Ihnen, mein Herr! aus guter Absicht, wegen Julianen, alles gestanden; er ward darüber heftig, und ich nicht weniger. Das andere läßt sich leicht denken.

Otto. Es thut mir um Ihrentwillen leid. — Wollen Sie bey mir bleiben?

Anh. Fürs Erste muß ich diese Ehre verbitten.

Otto. Erinnern Sie sich wenigstens meiner, wenn ich Ihnen dienen kann. (nachdem Anheim sich gegen die Andern verbeugt, begleitet er ihn bis an die Thüre)

Sechzehnter Auftritt.

Hans. Hochthal. Maria. Elisabeth. Otto.

[342] **Mar.** Alles Krohp ist für ihn. — Wunder, daß er ihn nicht auch in sein Testament setzt.

Otto. (lächelnd) Also wären wir einig, um Testament und Hochzeit zu machen?

Mar. Dazu, ja; aber nicht in der Denkungsart.

Otto. Zu was auch? Doch, Baron! das Beste nicht zu vergessen, wie stehts um die Einwilligung Ihrer Gros=mutter?

5 **Hochth.** Die hab' ich nun! (führt Otton bey Seite) und zwar schriftlich. Gefällt Ihnen? (giebt ihm den Brief)

Otto. Steht doch weiter nichts darinn?

Hochth. Was es auch weiter ist.

Otto. (nachdem er gelesen) Ho, ho, ho! (liest ihm die letzten
10 Zeilen leise vor) „Ich — ich — für meine Person, be=willige es gern. Nur kann ich noch nicht glauben, daß sie einem Geheimnisnarrn ihre Tochter geben werden."

Mar. Was lachten Sie da, Herr Bruder?

Otto. (nimmt sie auch bey Seite) Aber zugleich den Finger
15 auf den Mund!

Mar. Sonderbar! Man vertraut' mir Staatsgeheim=nisse, die ich ins Grab mitnehme.

[343] **Otto.** Seine Grosmutter willigt ein, mit der großen Bedingung, daß wir morgen nach der Stadt kommen, und
20 ihr zuerst die Aufwartung machen.

Mar. Lieber Gemal! sollte sie nicht zuerst?

Otto. Bruder! du wirst doch, als ein feiner Staats=mann, den Frieden um des Ceremoniels wegen nicht zer=schlagen lassen?

25 **Hans.** Traue mir doch nicht das zu!

Otto. Nun, so wollen wir sie morgen so ernst= als feyerlich versichern, daß wir nur in Rücksicht ihrer, die Heyrath schließen. Ists gleich offenbare Lüge, so verlangt doch jede Grosmutter ein solches Zeichen des Respekts, der
30 Politesse, nicht wahr, Frau Schwester? Und macht sie Ihnen den Gegenbesuch, ihr die Treppe herunter entgegen! würden Sie gleich nur an der Thüre ihres Visitenzimmers von ihr empfangen. Du, Bruder! mußt sogar sie aus dem Wagen heben; denn für eine alte Frau von ein paar mal

Hunderttausenden sind zwey Heyducken nicht genug. Sie, Hochthal! werden mit Ihrer Braut schon nach dem Rock greifen, und dann denk' ich, kommen Sie zum Handkuß.

[344] **Hans.** Bruder, du bist ja recht schlau.

Otto. Das macht der Umgang mit dir.

Mar. (zu Hochthal) Darf ich denn den Brief nicht so gut sehn, als Andere?

Hochth. Wenn Sie befehlen. — Sie hat ihn in ihrer gewöhnlichen Laune geschrieben.

Mar. Ich bin eine Verehrerinn launiger Briefe. (reißt ihn fast aus den Händen, liest ihn, läuft dann zu Hans und ihrer Tochter, die beyde ihn lesen)

Otto. (zu Hochthal) Ey, ey! Ein Geheimnisvoller verräth sein eignes Geheimniß.

Hochth. Sie drang mir ihn fast ab, und zudem fürchtete ich ihren Unwillen.

Otto. Gnädige Frau! wo bleibt die weise, verschwiegene Dame?

Mar. Es geschah nur in der guten Absicht, meine Tochter zu belehren, was ihrem Gemale abzugewöhnen, und gegen andere zu vertheidigen ist. Denn wir Frauen müssen euch doch erst für die Welt zustutzen.

Otto. Drum giebts auch so wohl zugestutzte Männer!

www.ingramcontent.com/pod-product-compliance
Lightning Source LLC
Chambersburg PA
CBHW020408030726
47496CB00007B/2356